新潮文庫

渡りの足跡

梨木香歩著

新潮社版

9650

目次

渡りの足跡

風を測る

雪と針葉樹に囲まれた北欧の海の入り江のような、屈斜路湖《くっしゃろこ》を、上から覗《のぞ》き込むようにして飛行機が斜めに降下を始め、やがて気がつけばすぐ下が女満別《めまんべつ》空港の滑走路だった。到着後手荷物を受け取り案内人のHさんと挨拶《あいさつ》を交わし、共に空港の建物を出る。空気はさえざえとして透明感があり、北へ来たのだという実感が肌を通してしみ込んでくる。

この三月の末、北方に帰るオジロワシやオオワシ、ワタリガラスたちに会おうと知床《しれとこ》へ向かった。計画した時点では彼らに会える可能性に不安があった。飛行機に乗ってからでさえも。いくら北海道でもさすがに水ぬるむ頃であるだろうし、もう彼らは皆北に発《た》ってしまったかもしれない、けれどうまくいけば渡りに発つそのときに出会えるかも、という山師的な祈りと焦《あせ》り。現にその同じ三月の初め、来道したとき、探鳥が目的ではなかったとは言え、網走《あばしり》周辺では一羽にも出会えなかったのだから。慣れない土地での案内人の必要を改めて感じ、今回Hさんにお願いすることになったのだった（「案内人」という言葉を私はとても重要に思うので、ここではそう呼ばせていただくことにする）。

空港から案内人の車に乗り知床半島へ向かう途中、網走湖畔へ差し掛かると、凍結した湖上をトビたちがわしわしと大股《おおまた》で歩き回っているのが見えた。ワカサギ釣りの獲物のおこぼれを狙《ねら》っているのだ。それだけでも普段見慣れない光景だ。早速湖畔に車を停める。車外へ出てHさんの指摘で空を見上げると、トビに混じって悠々と空を飛ぶオジロワシの姿を確認。ああ、間に合った、とすっかり嬉《うれ》しくなる。双眼鏡を取り出してその姿を追う。グライダーのように気流に乗って滑空する、その白く輝く尾羽。トビとは明らかに違いますね、やっぱり風格があります、堂々として。ああ、また一羽。今度は若いですね。

若鳥と成鳥ではその尾羽の鮮やかな白さなどに若干の違いがある。若鳥のうちはまだ全身が褐色っぽく尾羽の白さもあまり目立たない。なんとなく初心者マークを付けて飛んでいる風情《ふぜい》。やがてまた若鳥と成鳥が数羽、高い空を悠々と旋回し始める。この日この時間の網走の湿度は約二二パーセント、西北西の風、最大瞬間風速は一三・九メートル。清々《すがすが》しく冷気を含んだ空気。

車が海岸線を走り始めると左手には青みがかった鋼色《はがねいろ》のオホーツクの海が長く波頭を曳《ひ》いて打ち寄せ、進行方向には知床の山々が並ぶ。明るい真昼のことなのに、斜里《しゃり》岳《だけ》はなおそこだけライトアップされるように、雲間から差す、白い光の矢を幾本も浴びていた。それでなくても雪で真白い山肌に、幾つもの尾根がつくる淡いブルーグレイの陰影は、刻一刻と強さを増すその光線とのコントラストで神々《こうごう》しいほどだ。

車が斜里町を過ぎると、道路は海岸線を縫うように走り、すぐそこまで迫っている山肌を、案内人に倣《なら》って私も注意して見ていた。オオワシやオジロワシが止まっているかどうか、チェックしていたのだ。

やがてホロベツ川とその岸辺を見下ろす場所を通り過ぎるとき、葉を落として見通しのいい木の枝の間に、杉玉のようなオジロワシの姿を見つける。車を降りて双眼鏡で覗くと、枝の上に止まったまましきりに首を動かし、獲物を探しているというよりは、何か思案をしているよう。成鳥らしく、薄い褐色で頭部は白っぽい頭巾《ずきん》をかけているようにすがしく、派手でない黄色い嘴《くちばし》が更に存在を引き締めている。そうして首を動かすたびその渋い嘴は、真横から実に堂々と見えたり、斜めから少し心細そうに見えたり、正面から素《す》っ頓狂《とんきょう》に見えたり。やがて腰を浮かして少し前のめりになり、ふわっと飛び立つように翼を広げたかと思うと尾羽を持ち上げて、白い糞《ふん》をした。折からの風でそれはまるで船出の紙テープかリボンのように長く線状に弧を描きながら流れていった。それから何事もなかったかのようにまた首を動かしてそわそわを再開する。

オジロワシの中には渡りをすることを止《や》め、定住している個体も結構あると聞いていた。これもまた定住をしている個体で、それでも誘うような南の風のにおいに心穏やかでなく、ついそわそわと、うずく本能との折り合いをつけているところなのだろうか。それとも乗り遅れた南への便に、今度こそは乗ろうと決意しているのか。

翌朝、ホテルを出るときにロビーについていたテレビの「芸能情報」で、オシドリ夫婦とうたわれ、結婚に際して歌手をやめ子どもにも恵まれ幸せそのものの家庭を築いていた女性が、離婚してもう一度歌手になる道を選んだ、と報じていた。彼女の「旅立ち」、と。こういうことは当人同士にしか分からない類《たぐい》のことなので、そういう「彼らの間にいったい何があったのか」報道はいつも嫌な気がするものだが、そう感じる私が、オジロワシの気持ちを、「定住か旅立ちかに心揺れるのだろうか、いったい何が……」などとあれこれ忖度《そんたく》するというのは、また面白いことだとふと思う。同じ種にはブレーキが掛かることでも、他の種に向かってはもっと積極的に好奇心や、或《ある》いは動物としての自分との共通項をそこに見る「親しさ」、「分かりたい」という気持ちが発動しているのかも知れない。何の気兼ねもなく。そういうことを考えながら再び案内人の車に乗る。快晴。気温は三度、大体、東北東の風。

「さあ」、と自身を奮い立たせるようにして眼差しの焦点を彼方《かなた》へ合わせる。旅立つ、ということを、長くても短くてもある程度住み慣れた場所を離れる、ということを、決意するときのエネルギーはどこから湧《わ》き起こってくるのだろう。ずっとそこで過ごそうと思えば出来ないことはないのだ。現にそうしているオジロワシだっているし、風切羽を切られて定住を余儀なくされたハクチョウだって見てきた。何百キロも飛ぶうちには嵐《あらし》も来るだろうし疲れもするだろう。天敵にも出会うだろう。

この日は朝一番に森の中へ向かった。エゾシカたちが、朝の光差す中、こぞって道路沿いの急斜面に見え始めた土や、まだ萌《も》え出《い》づるとまではいかない、出たか出ないかの若い芽を食べに出てきている、そういう麗《うら》らかな一日の始まり。目の前を大角の雄ジカがゆうゆうと横切って行く。知床連山のくっきりと白い稜線《りょうせん》が、青い空に鮮やかだ。森の中に広くぽっかりと空いた雪野原は、微《かす》かな融雪の兆《きざ》しが全面を覆《おお》い、まるで硝子質《ガラスしつ》の蠟《ろう》がうっすらとフィールドを覆っているかのようだ。そこへ陽の光が差すと、埋め込まれた大粒の硝子の欠片《かけら》がキラキラと反射するように光る。木の芽は大きく膨らんでいる。樹皮をぐるりと剝《は》がされて、真っ黄色の内部を晒《さら》しているキハダの木。まるで細めの彫刻刀で丹念に削っていったかのようにシカの歯形がびっしりとついている。それが新しいものほど目も醒《さ》めるような鮮やかな黄色で、染料や薬材としてキハダの名前をよく聞くが、ここまで匂《にお》い立つような深い黄色だとは、樹皮の上からは想像も付かない。驚きの声を上げて見入るのも何だか少し後ろめたい。本来見えないはずのものが見えているというむごたらしさを感じずにはいられないからだろう。森の中の、キハダという キハダは皮をむかれている。例年、ここまでシカが貪欲《どんよく》になることはなかったのですが。ある一定の太さ以上の木の皮しか食べなかったし、イタヤカエデやナナカマドなんか彼らの好みじゃなかったはずなのに。もう見境がなくなって感じですよね、と案内人が言う。食が賄《まかな》われるはずの場所や食材そのものが減ってきたり、(シカの) 個体数が増えてきたこともあって、シカたちはどんどん道路へ出てくるようになった。特に春先の道路沿いは陽がよく当たって雪が融《と》けやすく、好物の草の芽が出やすいのだ。そのため、交通事故に遭うシカが増えている。ぶつかった方の車も大損害で場合によっては命にかかわる。シカは保険に入ってませんからねえ、と以前乗ったタクシーの運転手はため息混じりに言ったものだ。ガンコウランなど、シカのせいでここでは絶滅の危機に追いやられた植物も多いと聞く。現にイタドリすら片っ端から食い尽くされ、シカも食べない外来種のアメリカオニアザミばかりが増えているという。けれど「自然の生態系を取り戻せ」といったような考えもしっくり来ない。こういう事態に追いやった責任の大部分が人間にあるにしても、その人間もまたnatureの一部であるのだし、ならばその欲深さや浅はかさもまたそのnatureなのだから、この状況こそが、この時代この場所の「生態系」に他ならない。だが、何とか環境の人為的な破壊を食い止めたいと試行錯誤する人々がその種の中に出ることもまた、自ら回復しようとする自然の底力の一つなのだろう。シカによって初めて外界に晒されるキハダの凄烈《せいれつ》な黄色、を、私は自分が悼《いた》んでいるのか、後ろめたく悦《よろこ》んでいるのか分からない。

あれは？　私は年を経た魔法使いのような赤っぽい木を指さす。あれは、オンコですね、イチイです。案内人が答える。癖のある老人のような年季の入ったねじ曲がり方をしたオンコの木。オンコの木がイチイのことだと、どこかでは読んでいた気がするが、感覚としてピンと来なかったので、私の中で知識として蓄積されることはなかったのだろう。ここで案内人に言われて初めて二つが結びついた。私のイメージにあるイチイといったら英国の古城の庭園やマナーハウスの庭に年代物のトピアリーとしてリスやら幾何学的な模様やらに仕立てられた姿だ。特にルーシー・ボストンの十二世紀からの歴史を持つマナーハウスの庭の、彼女自身が丹精したトピアリーの巨大さは今でも目に浮かぶ。そしてオンコ、といえば知床を代表する老賢人のような木という印象を持っていたのだった。その全くかけ離れた二つのイメージを結びつけるのにちょっと時間がかかった。そうか、イチイって自然のままに放っておけば、こんな風にとりとめもなくなるわけなんですねぇ……と、思わずため息をつく。とりとめもなく、奔放に、凄《すさ》まじく。樹皮一枚下に、どんな内実が隠されているのか。nature の本質は、いつもどこかに見え隠れしている。

途中で森の間にぽっかりと空いた広場のような場所に出る。知床連山を見晴るかす清々しいところだ。シカの群れが、それぞれ小単位で、何かの集合がかかったように三々五々、その雪野原に佇《たたず》んでいる。それが一斉にこちらを振り向き、急いで場所を移動して行く。耳が、レーダーのようにこちらに向けられている。さっき会ったシカたちと違って、ここのシカはあまり人慣れしていないんです。そんなに距離も違わないのに。ええ。

葉を落とした木々の森は明るい。いたるところ樹皮はめくれ上がり、ほとんど巨大な虫こぶの数個だけで構成されたダケカンバ、凄まじさの限りを尽くした山姥《やまんば》のような存在感だ。根元からてっぺんに掛けて、螺旋《らせん》階段のようにサルノコシカケを生やしているイタヤカエデ。ほっそりと幹を金色に輝かせたイヌエンジュ。それぞれ芽吹きの気配を見せている。もう、ほとんど春だなあ、と案内人が木々の説明をしながら呟《つぶや》く。

ヒグマの足跡は、森の中至る所に付いていた。大きな足跡と子どもの手袋のような小さな足跡のセットになった親子熊《おやこぐま》のものもあちこちに見られた。親子熊は一番遅く冬眠から出てくるはずだから、これが出ているということは、もうこの辺りの熊は皆起きてますね、と案内人が言う。母熊の脇《わき》をちょこまかと付いて歩いているのが目に見えるようだったり、大きな母熊の足跡の上に、粛々と小さな足跡が重なっていたり、あるところでは突然もつれあうようにして五メートル四方ほどの雪が荒れており、その上に毛先が金色に輝く熊の毛が幾本も落ちていたり。寝転がったり、ふざけあったり、怒られたりした跡なのだろう。

断崖《だんがい》すれすれに沿って延々と伸びている足跡もあった。不思議だったのは大きなヒグマの足跡に伴走するようにしてどこまでもエゾシカの足跡が付いていたことだ。森の中を出て、雪野原を横切り海に面した断崖へ向かう、その森の中を出てくる場所まで全《すべ》て同じコースなのだ。時間差で通ったにしても、なぜ、同じ場所を？　断崖に縁取られている、木々もない白い雪原の、どこを通ったにしても同じことのように思えるのに。そこが、何か、風の具合や森からの距離などで、そこでなければならないコースなのだろうか。風の向きや地形の傾き具合など、私の読み取れない様々な情報を全て鑑《かんが》みた上での、「ここしかない」コースなのかもしれない。

それにしても、本当に山からすぐに海なんですね。断崖の向こうの海を望みながら言う。ええ、これが知床の地形の特徴です。断崖の途中に巣穴をつくったヒグマもいましたよ。よくも降りられたな、というような場所で、ちょっとした角度で風の直撃を避けられる、絶妙な位置でした。海に面した断崖？　ええ、絶景ですよ。植生の調査でたまたま降りたとき見つけたんですが。

ヒグマも、「渡り」たい、という衝動を感じることがあるのだろうか。エゾシカの方は、津軽海峡を青森へと渡っている可能性が高い、と近年取り沙汰《とざた》されているが、もしそうなら、さあ、渡ろう、と海へ踏み出す瞬間が、彼らには確実にあったのだ。足袋をはいたようなシカの足跡と違い、クマの足跡にはちゃんと五本の指の跡があり、その肉球の膨らみまではっきりと残っている。思わずしゃがみこみ、その膨らみの跡に手を当てたり、五つの窪《くぼ》みに自分の五本の指を押し当ててみたりする。肉球の膨らみの跡は、何ともいとおしくそのカーブのところを何度も指でなぞり手のひらで確認した。

頭上で、くぼおうん、くぼうん、と優しい鳴き声が響いた。あ、ワタリガラスです、と案内人。見上げると、森の上をしなやかな羽ばたきをするカラスが数羽、くっついたり離れたりしながら飛んでゆく。彼ら、いつもああやって何かおしゃべりしているように飛ぶんです。ほんとに、何か話し合ってるとしか思えないときがあります。

実はその前日、すでにワタリガラスに出会っていた。イワウベツ川の河口を見下ろす高台で波の打ち寄せる断崖の辺りを双眼鏡で見ていると、全身黒いけれども、カラスにしては妙にニュアンスのある飛び方をする鳥が飛んでくる。何というか、バレエダンサーやフィギュア・スケートの選手が、指先にまで神経を張り巡らせて演技する、そういう感じだ。……あれ、ウミウなのかしら、よく分からない、と、私が呟くと、あ、あれはまちがいなくワタリガラスです、と案内人が同定し、そこで私は自分がそのとき初めて、ワタリガラスに出会っているのだと知ったのだった。

ワタリガラスは北米先住民族たちの創世神話でよく英雄として登場する、神秘的なカラスだ。私が初めてその存在を知ったのは、まだ学生で英国にいた頃だからずいぶん昔だ。友人に勧められて読んだスコットランドの作家の幻想的な小説に出てくる(タイトルは失念)、いつも黒装束の学者で塔のある部屋に籠《こ》もり、どこか翳《かげ》のある、けれど凄《すご》みのある賢者として描かれていた、その男が実は raven の化身だった(かもしれない)という設定になっていた。そのとき raven を辞書で引くと大鴉《おおがらす》、ワタリガラス、と載っていた。raven って? とその友人に訊《き》くと、自身スコティッシュ・ケルトの自負と誇りを常に忘れないこの友人はにやりと黒い瞳《ひとみ》を光らせて、この不思議なカラスの神秘性についてとくとくと話してくれた。それを皮切りとして、いろんなところでこの不思議なカラスの名前を目にするようになった。なのに実物を目にしたことはなかった。もしかして外国を歩いているとき目にしているのかも知れないが、いやきっとそうに違いないのだが確信が持てなかった。

だから日本にもワタリガラスがいると聞いたときにはにわかには信じがたかった。

その日森をあとにして、再び引き返すようにして海岸沿いに車を走らせていたときのこと。

案内人は車を運転しながら驚異的な注意深さで遠景のオオワシの存在を示す。山が途切れて沢になっており、唐突に海に入っていく場所だった。斜面に立つ木々の高い枝の上でオオワシやオジロワシたちが首を伸ばすようにして木に止まっていた。ただただじっとしている。しかし首をすくめ目を閉じてじっと寒さをこらえている、といった厳冬期の鳥の風情《ふぜい》ではなく、すっと首を伸ばし目を見開き、何か見張っているような緊張感がある。これから南風が吹くたびにどんどん北へ帰って行きます、と案内人が説明する。もうすでに南風の何便かは去った後で、彼らはあの時行くべきであったか、今度風が来たら行くのだ、と決意しているのか、その風はいつ吹きそうなのか、様子を見ているのだろうか。そう思って見ると、彼らはほぼ一日中ただ風の向きを勘案しているだけのようにも見えるのだ。

オジロワシ、オオワシ等、渡りをする大型の鳥たちにとって南風が吹き始めた日、というのは、いわばしばらく不通になっていた北への定期航路がついに再び開通した、というような画期的な日なのだろう。

こんなにこの周辺に集まるなんて、風の関係なのかも知れませんね、と案内人が呟いた。この辺り、今日の風の要所なのかも。「港」みたいなものかもしれません。測候所とか。

帆を出すタイミングを測りながら「港」に集まってくる一群。

それから再び車を走らせていると、前方から飛んでくる、数羽のオオワシに、素早く気づいた案内人がすぐに車を路肩へ停めてくれたので、私は急いで車を降り、彼らがすぐ真上を通過するのを、肉眼と、それから双眼鏡でゆっくりと眺めることができた。純白のケープを肩だけで(文字通り肩で風切って)凜々《りり》しく着ているかのようなオオワシの成鳥が、まっすぐ迷いのない低空のグライダー滑空をしながら、私たちの真上を飛んでゆく。知床の、とはいえ、日本の一部である風景の中に、その鮮やかな純白と黒と黄色のコントラストは、まるで消化のしようがない異物のように私の視野に収められていった。

一月二月だったら、あんなふうに飛ぶなんてことはないです、と案内人が言う。あんなふうにって? 彼らはたいてい一羽で飛ぶんです。数羽連れだって飛ぶなんて事はない。渡りだから? 群れになって渡るために? うーん、そのために、って意識はないんでしょうけど、いい風を見計らったりしているうちに、行動が一緒になってくるんじゃないでしょうか。本当に彼ら、どこからともなくすうっと視界に入ってくるんですよねえ……。と案内人がどことなく憧憬《しょうけい》を込めた声で言った。彼らもまた「港」へ行くところなのだろうか。飛んでる方向は私たちが今あとにしてきた、「港」だけれど。

けれどその中の一羽、際立《きわだ》って美しかった一羽が、ふっと離れて海の方へ、北へ向かって進路を取った。

そしてやがてそのオオワシは、気流に乗って高く高く、点のように見えるまで上昇を始め、そして雲の中に入っていった。やがて遥《はる》か彼方《かなた》、もう私の目には点としか確認出来ないが、またオオワシは雲から出てきて、それからまた入り込み、とうとう地上からは見えなくなった。

何ものかに乗って、それと一体化してゆく。気流に、あるいは海流に乗って自分の力以上の何かに身をゆだね、そしてそれを是と思える快感。その快感が故《ゆえ》に、選ぶ「風」の、あるいは「波」の、流れの行方には慎重すぎるほど慎重でなければならない。

彼らが一日の大半を海を見晴らす高い木の枝に止まり、風の具合を測っているようであったのは、重要で的確な判断を下すためにも必要なものだったのだろう。

註

オオワシ タカ目タカ科オジロワシ属 冬鳥。翼を広げると二メートル半にも達しようかという日本で見られるもっとも大型のワシタカ類。全体に黒に近い黒褐色、その中で尾羽と翼の雨覆《あまおおい》部分が白、いかにもワシタカ的な湾曲した大きな嘴《くちばし》が濃い黄色。この、黒、白、黄色が特徴的。遠い林の中で止まっていても、この嘴の濃い黄色を目当てに探せば、風景から突然オオワシが浮き上がって見える。飛翔《ひしょう》時、翼をほぼ水平に保って滑空しているところは感動的に勇壮だけれど、止まっていたり歩いていたりすると、嘴から胸骨にかけての膨らみ具合や、ヴィクトリア朝時代の女性のズロースを連想させる純白の腿《もも》など、なんとなくドードーを思わせるユーモラスなものがある。ワシタカ研究者の白木彩子さん（東京農業大学生物産業学部講師）は「オオワシって、外人みたい、っていつも思うんですよ」。日本の風景から浮いている、というイメージなのだろう。けれど繁殖地の分布はそれほど国際的というわけではなく、オホーツク海周縁からカムチャツカ半島をぐるりと北上した海岸部。日本の真北辺り、という見当だろうか。

オジロワシ タカ目タカ科オジロワシ属 冬鳥だが少数定住派も。オオワシよりは若干小振りだが、それでも同じ大きさレベルと言ってもいい、とてつもなく大きなワシタカであることには違いない。北欧で幼児が連れ去られた記録があるそうだが、羊の仔《こ》を襲うともいわれ、英国では一時絶滅状態。そういうことからも分かるように、分布はユーラシア大陸北部から小アジアの一部、カスピ海の南岸部などにわたっている（筆者はエストニア、バルト海に突き出た岩の上で、風雨の中瞑想《めいそう》する同種を確認）。が、風貌《ふうぼう》はいかにも日本の古武士のようで、冬枯れの風景によくなじんでいる。全体に褐色、オオワシに較《くら》べて嘴の黄味が淡く、年を取れば取るほど頭部が白くなるというのも、どことなく老賢者の風格を思わせる。白くなるのは頭部だけではなく、その名の由来となっている尾羽の白も、成長した個体ほど鮮やか。この白が、オオワシの場合は尾羽全てにわたるのに、オジロワシの場合はフリンジのように縁に沿っているのも、現れの仕方が細やかだ。

オオワシ、オジロワシともに飛んでいるときの尾羽の形が、よく楔形《くさびがた》という表現をされるが、（少なくとも私には）ぴんときにくい。オオワシの方がその角度の「出っ張り」が際立って見える。例えるなら菱餅《ひしもち》の上下の短い鈍角がオジロワシの尾羽、左右の長い鋭角がオオワシの尾羽、という印象。

ワタリガラス　スズメ目カラス科カラス属　冬鳥として北海道東部に。数羽でじゃれ合うようにして飛ぶのをよく目撃。確かに大きいが、目を瞠《みは》るほど、というわけでもなく、日本のカラスとしては一番大きいハシブトガラスよりも、ちょっと大きめ、か、一回り大きめ。けれどハシブトガラスのように獰猛《どうもう》そうに出っ張ったおでこではない。個体差もあるのだろうが。

知恵の女神、ミネルヴァの使いのフクロウは世界中を飛び回って情報を集めるが、北欧神話のオーディンにもそれに相当する存在があり、それがフギン（思考）とムニン（記憶）という二羽のワタリガラス。神話は各地に存在するが、知恵のある者として伝えられているものが多い。北米先住民族の創世神話が有名。

分布は北米大陸、ユーラシア大陸のほぼ全域、北アフリカの一部、等。

囀る
<small>さえず</small>

る

る

二〇〇六年三月の初め、北海道のチミケップ湖のほとりにあるホテルに滞在したときのこと。途中からは舗装もされていない、曲がりくねった雪深い山道を（エゾマツ、トドマツ、カツラやハリギリなどの大木がつくる、深山の気配にすっかり心を持って行かれながら）ゆっくり車で走ってゆくと、やがて湖畔に出て、ヨーロッパのおとぎ話の「森の奥の一軒家」という風情《ふぜい》でそのホテルが現れる。人家が切れて、そこに至るまでの延々と長い山道、何とか車が通れる程には除雪がしてあるのが本当に不思議だ。聞けばそこに人家がある限り、公的機関は毎日のように除雪車を走らせるのだという。それでもさすがに冬場は客が少ないらしく、訪れるたびほとんど貸し切りのような状態で使わせて頂いた。一度来れば必ず次も訪れたくなる。クマゲラの巣がすぐホテルの前にあるような、節度ある来客達やホテルスタッフに守られた厚みのある自然環境だけでなく、ここはそのホスピタリティの質の高さにも定評のあるホテルなのだった。

様々な鳥が訪れる、一階のバードテラスの向こうは厚く氷の張った湖。降りていって、雪が厚く積もっているその上をスノーシューで歩き、そして湖の真ん中で大の字になった。雲が流れている。西南の外れ、山々の僅《わず》かな切れ目から西日が射《さ》して周辺の雲を淡いサーモンピンクに染め始めている。しばらくそれを眺め、そして岸辺に沿って湖の上を歩いた。エゾシカやクロテンの足跡が雪の上を渡り、まだ晴れやかにドラミングとまではいかない気分らしいくぐもったクマゲラの声が森の奥から響く。

それからテレビも電話もない（フロントに一つだけ公衆電話がある）、暖炉に燃える火が時々はぜる音が聞こえるだけの静かな時間を経て、翌朝、四時過ぎには外がだんだん明るくなる。そうなると寝ていられなくて窓にしがみつくようにして（部屋は二階）バードテラスを凝視する。最初はカラ類。シジュウカラ、ゴジュウカラ、コガラかハシブトガラ（この二種を見分けるのはほとんど不可能）。この、カラ類の中にゴジュウカラが自然にいるということがまず感動的なのだが、ゴジュウカラはここではごく普通に見られる野鳥。カラ類の他の鳥が去った後でもゴジュウカラだけは頻繁にやってくる。薄いブルーグレイの体に、細い一筆ですっと書いたような過眼線がシックだ。体つきも他のカラ類よりスマート。

彼らが去って、テラスはしんとしている。木立の間から見える真っ白の雪原は昨日歩いた湖だ。エゾマツの梢《こずえ》で何か小さなものたちが動いている。ピンクの嘴《くちばし》、深い草色、黄色い斑《はん》、カワラヒワのつがいだ。向こうのトドマツの枝にはウソの夫婦。頭部の半分、目の下部分までが黒色、雄はローズピンクの喉元《のどもと》、それがグレイの地に映えておしゃれだ。その間にバードテラスにはミヤマカケスの一群がやってくる。普通のカケスより一回り程小さく目も黒目がちで優しく、カケスほどアグレッシヴなところもない。ふと、何か動いたような気がして視線をバードテラスから真下の建物の外壁の辺りにやると、壁際《かべぎわ》を緑っぽい、ハトよりも一回り大きい鳥がもそもそと這《は》っているのが目につく。あの色はアオゲラ！　と一瞬思い、それから、違う、ヤマゲラ！　と心の中では大騒ぎで訂正する（北海道にはアオゲラがいない）。ヤマゲラが見られるなんて思いもしなかったので、眠気がすっかり飛んでいる。再びテラスに目を転じると、昨日からおなじみのエゾアカゲラの雄が、すっかり慣れ親しんだ様子で餌箱《えさばこ》に出入りしたり立木をつついたりしている。

トドマツの枝の茂みの奥に、暗くてよく見えないのだがずいぶん地味な鳥がいる。それがずいぶん長いことそこにいる。エゾアカゲラやヤマゲラ等、鮮やかな鳥に目を奪われながらも、その鳥が何であるか、頭の隅で同定しようとしてなかなか出来ずにいた。

双眼鏡を置いて部屋の奥へ入り、ポットを片手に紅茶をつくり、カップを持って、再び窓際に行き、一口すすり、カップを側《そば》に置き、それからあの鳥を確認する。もうそろそろ認めないといけない。途中でうすうす気づいてはいたのだが。まさか、とずっと打ち消していた。雰囲気が私の知っているその鳥とはまったく違っていたから。そうであって欲しくない、という思いも強かったのだろう。そんな鳥が此処《ここ》にいるわけがない、いて欲しくない、と。

すっかりくつろいで我が物顔でバードテラスに出入りする他の鳥たちと違って、用心深くバードテラスと距離を置き、トドマツの懐《ふところ》深く羽を休めているその鳥は、街での姿とは似ても似つかないが、どうやらやはりヒヨドリだった。

たとえ群れでいなくても、ヒヨドリという鳥にはいかにもすれた「街の鳥」というイメージがあった。けれどこのヒヨドリの、すっかり「野鳥」めいた慎重さ、つつましさはどうだろう。場所が違うと人柄ならぬ鳥柄まで変わってしまうのだろうか。環境が彼をそうさせるのか。環境が、彼をああさせていたのか。

確かにここの自然環境は、他に較《くら》べるところをちょっと思いつかないぐらい素晴らしいが、だからといって本来の鳥の性質まで変わる、ということはないだろう。DN

Aに作用するような環境要因とか？　まさかそういうことではないだろう……。

町中での野鳥観察を通じて、ヒヨドリの猛々《たけだけ》しさと厚かましさ、ずる賢さには昔から辟易《へきえき》していた。

が、彼らに対して心から恥じている一件がある。

以前住んでいた滋賀県の家の、ほとんど坪庭のような中庭の真ん中にシラカシの木が一本あった。そこに引っ越してきたときに、私が真夜中独りで延々穴を掘って植えたシラカシの苗木が大きくなったものだった。近江の地で真夜中に穴を掘る、このことだけでも一冊の本が書けそうな（書きもしないのにあまり大言壮語するのは慎もうとは思うが）、いろんな「遭遇」があったのだがそれは措《お》いておいて、シラカシはひょろひょろと五、六年のうちに樹冠が二階の屋根を超すぐらいの高さに生長した。あるとき二階の中庭側の窓の外を何気なく眺めていると、ちょうど目の高さにヒヨドリが降り立ってきた。今まで気づかなかったが、どうやらそこで巣作りを始めていたらしかった。巣はもう八分通り出来上がっていた。

　昔から野鳥は好きでその巣が見られるなんて夢のようだったので、その場で狂喜乱舞したい気持ちと、朝な夕な、ヒヨドリを見るのかそのけたたましい声を聞くのか、という気持ちが一瞬激しく交錯して、澱《おり》のように心に沈んだ。なぜ巣を作ったのがエナガではヤマガラでは、せめてシジュウカラではないのだ。よりによってヒヨドリだなんて。これから彼らが卵を産んでヒナが生まれ、せっせと餌を運ぶ。これ以上ない場所で子育てが観察出来る、そのせっかくの機会でもある。そうなれば情が移るのは分かっていた。そして意固地な私はヒヨドリを好きになりたくなかった。彼らの事情が分かれば嫌いであり続けることは出来ないだろう。私はつまり、ヒヨドリを受け容《い》れたくなかったのだった。中庭は家の中心、その heart の部分にあった。

数日重い気持ちを抱いたまま、窓のブラインドは下ろし続け、彼《か》の鳥からはこちらが見えないようにそれなりにストレスがかからないように、と向こうの利益優先で生活していたが、とうとう決心する。そっと覗《のぞ》くとブラインドの向こうでは、当のヒヨドリが巣の居住性を確かめ、すっかりくつろいでいるところだった。誰かに見られているなどとは全然気づいていそうもなかった。今だ、と心を鬼にし、思い切り音を立てて窓を開けた。もちろん、ヒヨドリは慌《あわ》てふためいて飛んで逃げた。逃げる瞬間、目と目が合った。文字通り、目を丸くして心底驚いた様子だった。私は今まで鳥があんなに驚いた表情をするのを見た事がない。普段の小ずるそうなヒヨドリの瞳《ひとみ》はどこにもなかった。瞬間、激しい自己嫌悪《けんお》に駆られ、それは今も容易に胸に蘇《よみがえ》る。ヒヨドりはもちろん、二度と戻ってこなかった。

なぜあれほどヒヨドリが嫌いだったのだろう。そう、狡知《こうち》で世慣れていて、相手が自分より弱いと見るやすぐに猛々しく威嚇《いかく》する、都会の空気が心の芯《しん》までしみ込んだような薄汚れた灰色。そういういくつかの属性に、世俗の厭《いと》わしさを全《すべ》て重ね合わせ、彼の鳥に背負わせてしまっていた。

幼い頃からの傾向がここ数年ますます高じて、目は「自然」を追い求め、体はその中にありたいと思うようになったが、そうなればなるほど、あの時の自分の所為が悔やまれる。野生動物の巣作りや子育ての観察に研究者が、撮影に（心ある）写真家が、どれほどのエネルギーをかけて通い、また足場をつくるものかということを実際に見聞きするにつけても、ヒヨドリといえども二階の窓から簡単に巣が覗けるあの状況（確かに窓は使えなくなるだろうが）は、今の私なら心から喜び歓迎したことだろう。歳《とし》を重ねて、私にはもう、ヒヨドリだろうがカラスだろうが受け容れられる自信があった――単に鈍感でいい加減になっただけかも知れないので、あまり自慢げに胸を張らない方が良いのかも知れない、けれど。

ヒヨドリは渡りをする。北海道では本来ヒヨドリは夏鳥。寒くなれば南に移動する。道南の白神岬で、サシバの渡りで有名な愛知県の伊良湖《いらこ》岬でも、時期になればハヤブサなどの襲撃を避けながら命がけで海を渡ってゆく数百羽のヒヨドリの群れがよく見られる。

ただその全容はまだよく分かっておらず、そういう長距離を移動するだろうと予想される群れや、同じ地域内で標高の高いところから低いところへ近距離移動していることが予想される群れなど、どうも飛行距離は様々らしい。それからもちろん、一年中同じ場所に留まる留鳥の存在もある。だから、関東、関西で出会ったヒヨドリは、それが春ならば、もうすぐ北へ帰って行く個体か、南から帰ってきた個体か、秋ならばその逆、または土着の個体か、行きずりのトラベラーか、いろんな可能性が考えられるわけだ。

移動しない個体群と、移動する個体群。

その土地で逞《たくま》しく生き抜ける個体と、遠い彼方《かなた》に旅立つことをプランに入れて生活する個体。

その違いの理由として、実を結ぶ木のある森や林が各地で激減、渡りをする個体は縄張り競争に敗れたものかもしれないという説もある。冬場、キャベツなどの葉物類にヒヨドリの食害がひどいという、これは私も知り合いの家庭菜園家からよく聞く話なのだが、その冬場に食害をするヒヨドリこそが渡りのヒヨドリであるとも言われている。解剖した彼らの胃袋からは木の実の類《たぐい》は一切出てこず、ほとんど葉物野菜だけであった。これはつまり、実のなる木のある林はすでに土着ヒヨドリの縄張りで彼らには手が出せず、仕方なく葉物野菜に手を出したのだろう、とも。けれどそれでは、渡っていった先でも自分の縄張りが持てずにいる、ということではないか。それならわざわざ渡る必要があるだろうか。また北海道ならともかく、関東関西の、冬場にも充分露地野菜が生育できる地方のヒヨドリまで南へ移動する、というのはどういうことなのだろう。縄張りだけの問題なら、地元で葉物野菜を啄《ついば》んでいた方がよほどリスクも少なくてすむではないか……。

もしあのとき眉間《みけん》にしわを寄せながらでもヒヨドリに中庭を貸してやり、つがいの、またヒナそれぞれの個体差、性格の違い、というものが分かってきたら、渡りをするものじないものの違いも、少しは分かったかも知れない。

朝食の時間になったので、下に降りてゆく。テーブルで給仕をしてくれるホテルのスタッフに夜明けから見た鳥の名前を順番に挙げていき、カワラヒワ、と告げたとき、ああ、もうカワラヒワが来ましたか。今年最初のカワラヒワですね。夏場は群れになる常連です、と少し嬉《うれ》しそうに教えてくれた。カワラヒワは留鳥だとばかり思っていた。北海道では夏鳥になるのだった。避寒の旅はどこまで足を、いや羽を延ばしたことだろう。ふと、ニューヨークの老婦人が「ああ、冬だというのにニューヨークに留まっていなければならないなんて！　昔はいつも冬はフロリダに行っていたものだわ」とこぼしていたのを思い出す。見かけるときはいつも留鳥だという意識を持っていたが、もしかしたら本州以南のカワラヒワも高地から低地へ、季節ごとの近距離移動ぐらいはやっているのかも知れない（そのとき、実は今朝ヒヨドリも出た、とは何となく言えなかった。こんな深閑とした山奥で見かけたと、ヒヨドリの名を挙げると、何だか都会化の波が此処まで押し寄せてくる不吉な前兆のような気がしたからだったのだろう）。

ヒヨドリはその昔は冬鳥だったという説もあるが、今はせいぜい沖縄近くの離島にまで南下するぐらいだろう。私がチミケップで見た、あの異様なくらいひっそりと慎《つつ》ましやかだったヒヨドリは早々と春の渡りを行って北海道に帰ってきたつがいだったのだろうか。それで元気がなかった？　いや、渡り終えた鳥はとにかくエネルギーを補塡《ほてん》しなければならないはず。それとも渡ってはみたものの思わぬ寒さに動けないでいたのだろうか。或《ある》いはもしかして、この冬、渡らずにいた？　温暖化その他の関係で今回渡りを諦《あきら》めた個体が数多く出たというのなら、九州にこの冬、渡りのヒヨドリを見かけなかった、という(これは一カ所でのことなので、正確な数字はわからないが)証言にも整合性が出てくる。ヒヨドリは、そしてスズメも、鳥たちの中では最も人間の生活に接近している種である(カラスの存在もあるが、体の大きさが何倍も違うので、例えば何らかの毒に侵されるとしても、時間的にはまだ少し猶予《ゆうよ》があるのかも知れない)。

今年の冬は鳥にまつわる異変を耳にすることが多かった。特に北海道では大量のスズメの死骸《しがい》が見つかった、餌台にスズメが来ない、等々。それから知床に流れ着いた油にまみれたウミスズメたちの、夥《おびただ》しい数の死骸。前述の家庭菜園家は南九州の人だが、例年大挙して渡ってくるはずのヒヨドリを今年は全く見なかった、おかげで葉物野菜は無事だったけれど……とも言っていた。例年渡ってくる〇〇が今年はいやに少なかった、という話はどこでも聞いた。レイチェル・カーソンの『沈黙の春』を思わせるような不気味なニュースばかりだ。

日本に冬鳥として渡ってくる鳥たちの多くは、シベリア、カムチャツカ、サハリン、或いはアムール川流域等を繁殖地として使っている。アムール川ではソビエト連邦崩壊後、環境汚染が年々進んでおり、年間百五十億トンの工場排水が垂れ流しにされている。その結果鱗《うろこ》がない等の奇形の魚が多く、アムール川の魚は食べないように言われているらしいが、沿岸の住民の八〇パーセント近くにすでに肝臓障害が見られるという。追い打ちを掛けるように二〇〇五年十一月、上流の中国吉林《きつりん》省で起きた化学工場の爆発。ベンゼン、ニトロベンゼンなどの有毒物質が大量にアムール川に流れ込んだ。河口は広々とした湿原で、水鳥の格好の繁殖地だ。その魚を食べるな、その水を飲むなと、どうして鳥に知らせたらいいのか。河口から流れた水は、東樺太海流《ひがしからふとかいりゅう》にのり、まっすぐ知床にまでやってくる。その途中、サハリンでは、日本も関わりのある大規模な天然ガス・石油の開発、サハリンプロジェクトが進んでおり、パイプラインから石油が漏れる事故が発生し、原野の開発でオオワシの営巣地《えいそうち》が脅《おびや》かされている現実がある。また、夏鳥の多くは東南アジアの熱帯雨林で越冬していると見られるが、ここ数十年程の森林面積のすさまじい減少が、あるいは使用されている農薬が、最近夏山で彼らの囀《さえず》りが聞こえなくなった原因ではないかと言っている学者もいる。

世界は一つであり、繋《つな》がっているのだという紛れもない事実に圧倒されそうになる。


今、この原稿を書いているところは——比較的緑が多いとはいえ——都心と言われるところである。それなのにここ数日、明け方の四時半頃になるとまるでブラックバード囀る英国の朝のような鳥の囀りが聞こえる。その声に起こされ、一体どんな鳥が、と出て行って確かめたいのだが何しろ起き抜けでぼうっとしていて、すぐに動けない。そのうち眠気に負けてしまう。あの声は一体、と日中はずっと悶々《もんもん》とした思いを重ねていた。「最近明け方に一羽で美しく長く囀り続ける鳥がいます。お気づきの方、何という鳥か、ご存じありませんか」、と近所に回覧板を回そうかと真剣に考えたほどだ。

今日の午後出先から帰宅したとき、敷地内でその囀りの主が分かった。まるでメジロのように、ホオジロのように——でも本物ではあり得ないとすぐ分かる——次から次へ囀り、信じられないことに、途中でホイホイホイと明らかにサンコウチョウの鳴き真似《まね》で合いの手を入れる。電線に留まって我を忘れてうっとりと鳴き続け、佳境に入ると感動のあまり自分で自分をもてあますのか、囀りながら空高く舞い上がり、それからあの独特の波状飛行をしてずっと向こうのお寺の屋根まで飛んで行き、それからまた此処《ここ》へ戻ってきて続きを歌う、という事を繰り返していた。まちがいなく、ヒヨドリだった。けれど、今は梅雨が明けたばかりの真夏、これから所帯を持とうというのか、それともそんなことに関係なく（あのヒヨドリには自分以外の何ものも見えているようではなかったし）芸術的な研鑽《けんさん》を積もうとしていたのか、こんなところでサンコウチョウの声など聞こえるはずはないから、どこか遠い山の奥で彼の鳥と接近遭遇した事があったのか。あれやこれや考えても、留鳥のヒヨドリとは考えられない。春の渡りが遅れてしまって繁殖期がずれているのかもしれない。相手の確保は大丈夫だろうか。

それにしてもあの美しい声が、けたたましく耳障《みみざわ》りだとばかり思っていた、あのヒヨドリの声だったとは……。ああいう調子で渡りの途中のあちこちで、熱心にその地方の鳴禽《めいきん》の声を採集し、また自分も自慢の歌声を披露し、などして帰ってきたのかも知れない。今日だって私が気づかなかっただけで、近くに繁殖可能な雌が存在していたのかも知れない。ここ数日ずっと囀っているから、その可能性は低いかも知れないけれど、ないわけではないだろう。

渡りは、一つ一つの個性が目の前に広がる景色と関わりながら自分の進路を切り拓《ひら》いていく、旅の物語の集合体である。その環境が自分の以前見知っていたものと違っていたとしても、飲むべき水も憩《いこ》うべき森も草原もなくなっていたとしても、次に取るべき行動は（引き返すという選択も含めて）最善の方向を目指すため、今出来ることを（とにかく何らかの手段でエネルギー補給をする、等）ただ実行してゆくことだけで、鳥に嘆いている暇などはない。

註

カワラヒワ　スズメ目アトリ科　英名のオリエンタル・グリーンフィンチ、が大体の特徴を表している。中国東部、カムチャツカ半島、朝鮮半島、日本等に分布。フィンチ、つまりアトリ科らしいしっかりしたピンクの嘴《くちばし》、少し褐色の入ったグリーンはオリーブ色、と呼ぶべきか。雌は褐色味が勝つ。大きさはスズメ程。羽の黄斑《おうはん》が鮮やかに目立ち、美しい。この鳥の、目の部分だけが黒ずんでいるのが何かとても深刻な悩みを抱えているような気がして、見るといつも気になる。

ウソ　スズメ目アトリ科　繁殖はユーラシア大陸の亜寒帯、日本では本州中部以北の亜高山帯と北海道の針葉樹林。冬期は南下したり平野部などで過ごす。体長はスズメとそれほど変わらない、若干大きめぐらいだと思うのだが、非常に太っている。こういう小鳥の渡りは、上昇気流をうまく利用して帆翔《はんしょう》、滑翔するワシタカたちと違って、羽ばたきで距離を稼がなければならないので、それなりの苦労も察せられる。渡りの出発の日が近づいてくるとある程度の脂肪も体内に蓄えないといけないだろう。が、それにしても体長に較《くら》べてウソは太り過ぎだ。北海道のウソは冬場は本州に渡るはずなので、このときのウソは春の渡りで帰ってきたのだろうが、あれで津軽海峡をよくも渡れたものだと思う。福岡の銘産品に、ひよこ、というお菓子があるが、ウソの無邪気な顔の表情はそれによく似ている。が、集団でやってきて春先の桜の芽をごっそり啄むなど、やることとは大胆、害鳥扱いで駆除に乗り出す地方もある。けれど考えてみれば「害鳥」という言葉もずいぶん手前勝手な言葉だ。

ヤマゲラ　キツツキ目キツツキ科　ユーラシア大陸、タイ、スマトラ地方にまで分布するが日本では北海道のみ。よく似たアオゲラは北海道にはいない。なので非常に分かりやすい。北海道でアオゲラかな、と思ったら間違いなく本種。背中の黄緑と赤いシャッポー（雄）が目立つ。アカゲラなどは朽ちた立木をいかにもキツツキらしく突っついて螺旋状《らせんじょう》に上り下りしたりするのに、（本文に書いたとおり）私が見かけたときは壁際《かべぎわ》の地面の上を（土が見えている）歩きながら（多分アリか何かを）捕食していた。そのときは少し奇異に思っただけだったが、後に図鑑のヤマゲラの項で地面を歩いて捕食することが多いと書いてあったので、あ、やっぱり、と、何だか嬉しくなった。以前大阪府の金剛山で見たアオゲラはその黄緑もずいぶんくすんでいてぼんやりとしていたが、キツツキらしく朽ち木に垂直に止まっていた。齢《とし》を重ねた個体であったのかも知れない。生きものは何でも、歳を取ると輪郭がぼやけてくるような気がする。

ヒヨドリ　スズメ目ヒヨドリ科　日本、朝鮮半島に分布。ムクドリよりは大きくハトよりは小さい。全体に煤《すす》けたような灰色で、頭頂部はぼりぼり掻《か》いたように羽が立っている。頰の部分にあまり趣味の良くない頰紅のように赤茶けた斑《はん》がある。ヒヨドリを漢字で書くと鵯、卑しい鳥と書かれるのはやはりその性質を厭《いと》われた故《ゆえ》だろうか。サクラが満開の頃、よく花がまるごと落ちていることがあって、それはヒヨドリの仕業だと何かで読み、長いことそう思い込んでいた。が、それは実は、嘴が太く短く蜜《みつ》の吸いにくいウソたちの仕業だったのである。花の蕚《がく》の付け根を嘴で切り落として、その裏から直接蜜を吸っていたのだ。最近の報告でそれを知った。言われてみれば納得することばかりである。嘴の細いヒヨドリはメジロと同じくそういうことをする必要はなかった。嘴を花粉で黄色く染めながら次々と蜜を吸うヒヨドリを私も確かに目撃したこともある。花をまるごと落とすというのは、花房を揺らしているヒヨドリ（ときどき花びらも食べるが）を見て生まれた誤解だったのだろう。ヒール役が似合うとも言える。

コースを違《たが》える

Ⅰ

長く停滞している前線が去って、ぐずぐずと続いているこの鬱屈《うっくつ》した長雨が止《や》んだら、シベリア高原を抜け沿海州の高い山々を越え大湖のような日本海上を通過して、涼やかな季節風がやってくる。湿った空気を払いのけ、道中秋の雲をセッティングしながら。その晴れやかな第一陣の風に乗り、今年最初の秋の渡りが始まる。

けれど今年の初秋はいつまでも雨が続いた。

人との待ち合わせのため、地下鉄・池袋の駅で降りた。予定より遅くなっていたので私は急いでおり、一緒に降りた乗客たちが向かう最寄りのエスカレーターよりも奥の階段の方が目的地に近いのではないかと一瞬判断し、大勢の流れに逆らって歩く。と、笑みとも苦笑とも付かないような不思議な表情を浮かべている女性とすれ違った。彼女の肌は浅黒く、化粧っ気はないけれどどこか意志的な顔立ち、髪は梳《くしけず》ることに無《む》頓着《とんちゃく》な様子、茶系のコーデュロイの上着には派手でない花柄が散っている、いわゆるカントリー調。けれどその外界に全く無関心な表情は、何だか昔からの私の友人にいそうなタイプなのである。昔からの、というのは、学生の頃から知っている友人達の、その大学の頃の感じに似ていたから。つまり、彼女は今の私よりは明らかに若いと思われた。けれどその歩き方やほこりっぽい大きめのバッグから、ふと、浮浪者？　とも直感させられるような何かがあった。それだけ見て取ったがこちらも急いでいるため、通り過ぎた瞬間、目は次の階段を確認することに追われ、彼女のことはすぐに念頭から去った。階段を昇ろうとし、ああ、やっぱりさっきのエスカレーターの方が近かったかも、と思い返し、もう一度引き返す。この間、一分足らずのことだったと思う。先ほどの彼女が、プラットフォームの雑踏の中にしゃがみ込み（電車が停車した直後よりは人波は激しくない）、その大きなバッグから何かを取り出そうとしているところに出くわした。そして次の瞬間、彼女は目当てのものを見つけ、高々と両手で挙げると――それは上品なサーモンピンクの、シンプルだが決して扇情的でも安っぽくもない、「パンティ」だった——立ち上がり、それを穿《は》こうとした。通り過ぎる私の目で確認できたのは此処《ここ》までである。驚愕《きょうがく》したが立ち止まってしげしげと眺めることは憚《はばか》られたし、すでに待ち合わせ時間に遅れていて人を待たせている。急がねばならない身なのだった。

エスカレーターに乗りながら、頭の中で、引き返して彼女の肩に手をかけ、ここはまずい、トイレに行こう、と声をかける時間はないかとか、そうか、彼女が不思議な表情をしていたのは粗相に気づいて気持ちが悪かったのかも知れないとか、めまぐるしく様々な考えが浮かんだ。ああ、いったい彼女はこれからどうするんだろう。その行き先の心細さにちょっと泣きたいような思い。

エスカレーターを上がって改札を通り、地下の商店街に出る。すると後ろから突然激しい羽ばたきが聞こえ、人々の頭上を一羽のドバトが猛スピードで飛び抜けていった。慌《あわ》てて首をすくめる者、びっくりして避《よ》ける者、悲鳴を上げる者、何でこんな所に、と叫ぶ者。何かの拍子に地下に紛れ込んでしまったのだろう。あんなにパニックになって力の限り飛んでいたらそのうち死んでしまう、どこか、踏まれないような所を見つけてじっとしていなさい、そして人混みが引くのを待ちなさい、若《も》しくは誰かに保護されるのを、と心の中で声を掛ける。いくらドバトが地球の磁場を感じ取れるとしても、こんな地下街では狂うだろう。いやそもそこがおかしくなってしまったのか。

続けざまに遭遇したこの二つの「行方を案じられる事件」は、安定しない前線の関係で激しい風雨となっている地上の私を、すっかり天候と同じモードにした。

しかし上がらない雨はない。

新潟県の福島潟に、オオヒシクイが今年初めて飛来したという情報を得て、その次の週、日本海の町を目指した。オオヒシクイは日本に飛来するガンの仲間では最も大きい。

潟、という言葉には海水が満ち引きする干潟の意味合いと、湖沼《こしょう》地帯を指す場合がある。暗くなってから着いたので、まだ辺りの様子は分からなかった。この晩泊まった宿舎はこの湖沼地帯の方の「潟」、葦原《あしはら》や水田、沼地の続く平地の中にあった。そののどかな気配は暗くても分かった。

夜明け前に目が覚めてすぐ、そういう土地の、朝の空気を部屋に入れたくて、窓を開けると、クォーウ、コォーウとただならぬ声の大合唱が聞こえた。ガン以上のクラスの大きさの鳥の声だった。オオヒシクイかもしれない。何だかわくわくする。すぐに身支度をし、水辺沿いを歩いて観察するため、宿舎を出ようとすると、途中の施設が今日は休みだから、と管理人氏が、鍵《かぎ》を貸してくれた。沼地に面して建っている三階建ての鳥見小屋の鍵だ。私は礼を言い、岸辺を歩き始めた。霧がまだ水面を覆《おお》っている。クォーウ、コォーウと鳴き交わす相当数の鳥の群れの大きな声がまだ聞こえている。だいぶ遠いところにいるらしいが、蜃気楼《しんきろう》のように歩いても歩いてもその声の源に辿《たど》り着かない。辺り一帯に響いているのに、その群れがどこにいるのか皆目分からない。

世界がだんだん明るくなる。霧が低く這《は》いながら移動しているのが分かる。

葦に似て、葦よりも広幅の葉を持つマコモに朝露がいくつもつき、明るい霧の中でそれが透明な珠《たま》を連ねたように美しい。コガモの群れが沼を覆っており、ちょっと近くによったぐらいでは逃げ出さない。打ち捨てられた小舟の縁に並んで止まっているものもいる。響いてくる声が、このカモたちの声でないのは明らか。

秋も深まりつつあるというのにまだ青いクローバー、チドメグサなど、夜露朝露ですっかり水分を含んだ下草を踏みしめながら歩く。白から赤紫、青紫、青や群青《ぐんじょう》など順番に色を変えてゆく宝石の玉のようなノブドウの実。縁だけをピンクに染めた白いコンペイトウを、びっしりと敷き詰めたようなミゾソバの花の群落。世界が明るくなるにつれ、辺りを彩《いろど》る鄙《ひな》びて優しい色彩の植生も分かってくる。

沼の岬のように飛び出たり、入り江のように引っ込んだりしているところを、地図に従って歩いてゆく。すると視界に鳥見小屋と思《おぼ》しき木造の建物が見えてくる。そこを目指して、入り組んだ沼地の間の地面を繋《つな》ぐ、梯子《はしご》を渡したような橋を渡る。

鳥見小屋の前庭には、私の知らない地元の道を使って入ってきたらしい車が停まっていた。小屋には外付けの階段があり、屋上のテラスまで通じていた。そこを上ってゆくと、テラスにはすでに望遠鏡を設置したアマチュアカメラマンと思しき五十年配の男性がいた。おはようございます、と邪魔にならないように小さく呟《つぶや》くと、思いの外はっきり、おはようございます、と返され、すぐに、オオヒシクイはね、六時十三分に最後のグループが飛び立ちましたよ、と教えてくれる。え？　もう？　じゃあ、この鳴き声は？　ハクチョウ。ほら、覗《のぞ》いてご覧なさい。と、傍らの望遠鏡を親切に勧めてくれる。お言葉に甘えて望遠鏡を覗くと、コハクチョウたちが優雅に水面を泳いでいる。ああ、ハクチョウたちの鳴き声だったんですか。声は聞こえているのに行けども行けども辿り着かない、という感じで。はは……。ハクチョウたちは第一陣が先週やってきて、それからもう数百羽が来ています。アマチュアカメラマン氏はまた望遠鏡を操作して、ハヤブサ、来てますよ。と、覗かせてくれる。顔面の黒と白が特徴的なハヤブサが木に止まっているのが視界に入る。あ、本当だ……。何か狙《ねら》っていますね。うん、ハヤブサ、コガモを狙ってるんだ、一度カルガモもさらってゆきそうにしたけど、重いもんだから、途中で落としてるとこ見たよ。カルガモは、重いだろうなあ……。私はフレンドリーな先達がいたことを喜ぶ。今日はレンジャーの人たちも休みと聞いて、専門的なことを訊《き》ける人がいないのを残念に思っていたのだ。土地の鳥のことは土地の人に訊くのに限る。しばらく話をして、彼は一回りしてくる、と去って行き、私も辺りを歩くため鳥見小屋を下りる。

水辺に背を向けて歩いていくと、小径《こみち》はやがて丈高い葦原の中に入っていく。オオジュリンやカシラダカの小さな群れが小径を挟んで行き交っている。小鳥がくつろいで伸びやかに活動しているのが分かるその場所の、適当な閉鎖性と空に向かっての開放感が心地よく、誰も通らないのを良いことに道の真ん中に腰を下ろした。ぼんやりと辺りの気配に浸る。オオジュリンはこの時期、すでに雄の繁殖期の黒いベレー帽は消えて、雌と見分けが付かずスズメのようだ。カシラダカも大陸から渡ってきている。

公表されているわずかなデータによると、過去、冬場この福島潟でバンディング（捕獲地などの情報が書き込まれた細い足環などをつける作業）されたカシラダカがその五年後の初夏、ハバロフスクで発見された例もある。このスズメ大の小さな鳥が、毎年日本海を跨《また》いでの往還をやっていたのかと思うと感無量になる。オオジュリンもここでバンディングされた個体がカムチャツカで発見されている。

空気を切り裂くようなモズの声がさっきから聞こえている。このモズの声を聞くとしみじみ秋だという気がする。おそらくハクチョウ等の飛来よりずっと、身近な秋の風物詩であったからだろう（ハクチョウの来ない南の生まれ育ちなので）。

突然、ひらりと前方の枝に鮮やかな明るい赤茶が閃《ひらめ》いて止まった。眼光鋭いその鳥は、アカモズだった。何で、今頃こんな所に。アカモズは夏鳥。もうとっくにインド方面に渡っているはず。近年激減している美しい鳥でもある。日本のどこからかやってきて、ここから、日本海を渡っていくのだろうか。思わず近寄って握手したくなるのをぐっとこらえる。しばらく見つめ合ったあと、アカモズは、ものも言わずに飛び去っていった。方角としては日本海方面だが、長旅に備えてまだこの辺りでゆっくり休養をとるつもりなのかも知れない。それにしても急がなければならないだろうに。

今まで見た鳥の赤で、一番印象的なのはアカショウビンのそれだが、いかにも南洋の鳥というオレンジがかった赤でもあり、アカモズの赤は紅殻《ベンガラ》めいた昏《くら》さと湿度を持った日本の赤だ（このときから数日、この赤が私の視界の裏側のようなところにずっと留まったままで私を愉《たの》しませた。食事を作っているときも歩いているときも。深く浸《し》み通るような赤。若くて艶《つや》やかな個体だった。やはり衝撃的な出会いだったのだろう）。

一九九九年一月に、この福島潟でオオヒシクイの衛星調査プロジェクトが行われた。衛星調査というのは、文字通り人工衛星を使って移動経路を追跡調査するシステムのことだが、渡り鳥の場合、小型電波発信機を鳥に担《にな》ってもらわなくてはならない。小型といえども電池も内蔵しているわけだから（最近は軽量で持続性のあるものに進化してきたらしいけれど）、調査の対象は大型のツルやガン、ハクチョウ類などに限られてくる。

『なぞの渡りを追う』（池内俊雄・ポプラ社）は、この衛星調査により、それまで謎《なぞ》とされてきたオオヒシクイの繁殖地を特定することに成功したプロセスを綴《つづ》った記録で、そのプロセスももちろん興味深いのだが、私が興味を持ったのは、Ａ33と呼ばれる個体の渡りの詳細な道程だ。

Ａ33というといかにも被験体のようだから、私たちと同じ血の通った生き物、というイメージを持って貰《もら》うために名前を付けよう。彼女が（Ａ33は雌である）首輪を付けられたときの写真が本書に載っていて、その瞳《ひとみ》がまるで朝露に濡《ぬ》れた大粒のブルーベリーのように愛らしいので、ベリーと呼ぶことにしよう。

ベリーはこのときの調査で送信機を付けられた十羽の中では唯一《ゆいいつ》卵を産んだことがある、と判断された（つまり何度か渡りを経験している）雌で、二月九日に福島潟を離れ、三月三日には秋田県の八郎潟に移動している。ここで栄養を補給、青森県を通って（ベリーが津軽海峡を渡り、北海道の山野を認めたときの彼女の視界に映る図を想像して下さい）北海道の長都沼《おさつ》に到達する。

十羽の内六羽からの電波はこのときすでに途絶えていて（これはそのまま彼らの死を意味しない。電池が切れたり、送信に何らかの不都合が生じた可能性がある）、残る四羽のうち、ベリーを含む三羽は長都沼を通ってサロベツ原野、カムチャツカへ向かう「道央コース」を、あとの一羽、Ａ31はこの時点で穂別《ほべつ》で電波が確認されており、鵡川《むかわ》、穂別を通って十勝川流域、知床半島を経てカムチャツカへ向かう「道東コース」を取るのだと見られた。

ベリー含む三羽は三月の二十一日から二十五日まで長都沼に滞在、その後二十七日には「道央コース」上のサロベツ原野を流れる天塩川《てしおがわ》河口に到達している信号が受信された。それで著者の池内さんもこのときサロベツ原野に向かうのだが、行ってみればそこはまだ辺り一面雪に覆われ、天塩川も結氷したままだった。池内さんはそれを見て、ここでオオヒシクイが餌《えさ》をとれるとは思えない、他に移動したに違いないと思う。案の定、ベリー以外の二羽は二十九日には長都沼に戻っていた。しかし天塩川まで彼らと一緒だったベリーからの電波は、彼らとは全く別の、大雪山近くの上士幌《かみしほろ》町で捉《とら》えられていた。天塩川河口と上士幌町の延長線上には十勝川流域がある。つまり、ベリーは長都沼に戻って道央コースを再チャレンジするよりも、このまま道東コースに計画変更した方がいいのではないか、と判断したのだろう。渡りを何度か経験していたと思われるベリーはこのコースのことを知っていたのかも知れない、と池内さんは推測する。ベリーが他の二羽よりも先達であると仮定して、ベリーの判断に他の二羽が従わなかったということなのか。もちろん、それぞれがもっと大きな群れに属し、その群れが二手に分かれた、ということなのだろうが。けれどこのベリーの（若《も》しくはベリーが選んだ群れの）判断は結果的には彼女に致命的なものになってしまった。送信機からの電波は上士幌町の国道で止まっていた。三月二十九日の朝七時、腹部を食べられたベリーの死体が発見された。傷口は小さく、断定は出来ないがワシタカ類の鋭い爪《つめ》によるものではないか、と推測されている。

ちなみに道東コースを取るかと思われたA31はそのまま北上し、道央コースに変更、四月十一日に天塩川河口で電波が確認されている。もうこのころには天塩川も餌のとれる状態になっていたのだろう。ベリーと途中で袂《たもと》を分かった二羽、A24とA27は、この日もまだ長都沼にいる。そして四月十六日には天塩川河口に移動しているのが確認された。それからA24は四月二十二日に日本を離れ、サハリンの東海上を通過し、二十四日にはついにカムチャツカ半島西海岸、ハイリュゾバ川流域に達した（文字通りの鳥瞰図《ちょうかんず》として、その景色を想像してみて下さい）。A31は四月二十八日午後七時過ぎ（その時間、あの辺りは真っ暗であったことだろう）天塩川河口を旅立ち、A24と同じコースをたどって五月二日、カムチャツカ半島西岸部、A24のいる場所から二〇〇キロメートルほど南に到達した。A27は五月四日、天塩川河口沖で受信されたのが最後になった。

思えば近所の池や川に飛来するカモたちにも、一羽一羽、このような物語があり、命がけで旅を終え、奇跡的に辿り着いているのだ。

福島潟の朝はほとんどひと気がなく、その日周辺の施設はほとんど休みだったので、私は四十分ほど道路沿いを歩いてコンビニまで出掛けた。歩いている間も、ぽってりとしたお腹《なか》がすぐそこに見えるほどの低空飛行で、数羽のコハクチョウが鳴き交わしながら飛んでいくのを何度も見た。道路脇《わき》には水路が主な交通路だったこの地方の、水難にまつわる悲劇を記した碑がいくつか並んでいた。そう、ここもウォーターランドだったのだ。高い建物がないので空が広い。そして高い。鳥たちにとっては大昔からの交通路だった、空。北朝鮮だろうがロシアだろうが関係なく。

やっとコンビニに着き、朝食になりそうな物を買い、もう一度鳥見小屋に戻り、テラスを通って鍵を開け、建物の内部に「侵入」した。誰もいないのでずらりと窓辺に並んでいる望遠鏡が使い放題だ。そして静かだ。案外、休みの時で良かったかも、と思いながら、遠くから今到着したらしいコハクチョウたちの群れを望遠鏡で眺める。彼らは北極海をのぞむシベリアから大陸を渡り、サハリン伝いに多分北海道のクッチャロ湖等まで息も絶え絶えに飛んできて、そこでエネルギー補給をして、ここまで来た(可能性が高い)。

(私が)朝食を食べ終わった頃、ドアの辺りで物音がして、今朝方のアマチュアカメラマン氏が入ってきた。あ、さっきの、と彼は意外そうな声を出す。ずっとここに？

いえ、一旦《いったん》私も外を回ってからここに来たんです。じゃあ、ここの鍵は？　宿舎で貸してくれて……。なんだ、そうですか。アマチュアカメラマン氏は合点がいったようだった。そして、望遠鏡に近づき、セットして、ほら、あそこ、ミサゴがいるでしょう。私は望遠鏡を覗く。あ、本当。ミサゴは白っぽい頭に気品があるワシタカだ。魚を食べるのでウミワシのような印象があった。こんなところにも来ているんですね。ミサゴは動かない。で、ほら、あれがオオタカの木。いつもはオオタカがとまってるんだけれど……。アマチュアカメラマン氏は別の方角を向いている窓の望遠鏡の照準を合わせながら、そう呟き、照準を合わせ終わると望遠鏡から離れ、私に見るように勧める。私はちょっと会釈《えしゃく》して、望遠鏡を覗く。あ、あれ、ノスリですね。そうそう、ノスリがとまってる。その隣の木にトビの巣があるでしょう。あ、ほんとだ。あ、巣材を持って帰ってきた。今、巣作りをしてるんですか、こんな時期に。そうなんだ、馬鹿《ばか》だよねえ。時々そんな馬鹿なトビが出てくる。何かがずれてくるのかな。今頃卵抱いてもヒナは育たないよ。冬が越せないもの。あ、つがいの片っ方が帰ってきた。カップリングしてるんだ……。あそこはオジロが止まる木でもあるんだ。オジロワシ、ああ、こっちの方まで来るのもいるって聞いてましたけど、やっぱり。そう、冬になるといつもあそこに止まってる。でも、奴《やつ》ら大きいから体が敏捷《びんしょう》じゃないんだよね。

それで他のワシタカが捕った獲物を横取りするだけ。ほら、あそこ、鉄塔が並んでるでしょ？　オオワシは来たらあの鉄塔に止まるんだ。一度テレビ局が来て飛び立つのをずっと待ってたんだけど、なっかなか飛び立たなくて。テレビ局の車が去ったら飛んでいったよ。

彼はそうやっていろいろな情報を教えてくれ、私は思わず、本当によくご存じですね、今日休みだと聞いていたんですが、お会いできて運が良かった、と言った。彼はぼそっと、朝起きたらすぐ、鳥見にあちこち行くんだ。じゃないとすぐ酒呑《の》んじまう。（え？）私は口元に笑みを浮かべたまま無言で彼の次の言葉を待つ。僕、日本海でずっとタグボートの船長やってたんです。海の上、カモメばっかりだからね、陸の鳥が珍しくて。それで辞めてから始めたんだけれど。彼は望遠鏡とカメラをいじりながら続ける。乾燥した赤銅色《しゃくどういろ》の顔色は日焼けによるものかアルコール焼けによるものか。アカモズのような赤ではもちろんないが、嫌な感じは全然しない。昨日は酒を◯合呑んで……。彼は自分がいかに酒に溺《おぼ》れているか、淡々と話すのだが、自慢にも自虐的《じぎゃくてき》にも聞こえず、なぜそうなるのかの自己分析もなく、それはかえって観察しているだけ、という軽快な感じとそれから飄々《ひょうひょう》とした人柄の温かい感じすら伝わってくる。私が東京から来たと知ると、ちょっと驚いたようで、車で？　いえ、新幹線。車がないと、鳥の観察は大変だ。しばらくしてから、それじゃ、瓢湖《ひょうこ》、行きますか、これから。車で一時間ぐらいですよ、行って帰ってくるの。と誘って下さる。だが私は考えるより早く、いえ、新幹線の時間があって、残念だけれど、と断ってしまった。

新幹線の時間などどうにでもなるのだった。

彼もそれは分かっていただろうが、そうか、そうだよね、と全く気を悪くした風でもなかった。瓢湖もハクチョウをはじめとする渡り鳥の飛来で有名なところだ。そしてあとで調べてみれば確かに車がなければ訪れるのにめんどうなところでもあった。

彼はそれから、トビだけじゃなくていろんな鳥の行動がおかしくなっていることを言った。私も、さっき見たこの季節いないはずのアカモズのことを話した。へえ、アカモズは見たことがないなあ。それから、時計を見て、あ、奥さんにお昼の準備をしなくっちゃ、と明るく言って出て行った。とうとう名前も聞かなかった。

居心地が良くてのんびりしてしまう。もっと早く渡らないといけないはずの鳥が、まだぐずぐずしている。

きちんと設定してあったはずのコースが見えなくなってしまう。

温暖化だけではないだろう。鳥の身の上だけでもないだろう。

ただならぬことが起こっている。その全《すべ》てを完全に止めることはともかく、その加速を僅《わず》かでもゆるめること、起こっていることを出来るだけ正確に把握しようと努力することは出来る。巻き込まれつつ、観察する。コースを違《たが》えた事による幸運も悲劇も、伝えるものがあれば後進の者にとっては有益な情報だ。自分の中に記録すること、機会に恵まれればそれを伝えること、それが生物の個体としての自然な本能なのだろう。結果的に無駄になったとしても、それは個体のあずかり知らぬ領域のことだ。最後まで見つめ続ける、その姿勢は少なくとも間違ってはいないと、脳の奥深く埋め込まれた方向探知機能が私に囁《ささや》く。

註

ドバト　ハト目ハト科　全長三十三センチほど　ほとんど世界中で広く見られる。特に都市近郊の公園など。ロンドンのトラファルガー・スクエア等、観光地の集合状況は特にひどい。ヒトの開放的な気分がハトに餌をやりたくなるせいか。通信用の伝書鳩《でんしょばと》として使われていたのは、その帰巣《きそう》能力の高さを利用してのこと。地球の磁場を感知する器官が優秀に出来ているらしい。もともとの野生種はカワラバトと呼ばれるもので、ヨーロッパ南部などの乾いた地方に生息していた。トルコ・カッパドキアの乾燥した岩壁に巨大な営巣群を見たことがある。もともとは家禽《かきん》として（肉などを利用）飼われていたらしい。それが再野生化し、ドバトと呼ばれる。昔、京都の家の（裏が山だった）小さな裏庭に、毎日午後の二時になると小柄な雌と恰幅《かっぷく》の良い雄のドバトのペアが来ていた。雌はとても魅力的で、スマートなのだがどこかコケティッシュな風情《ふぜい》があり、それはハトも同じように感じるのか、よく他の雄もやってきたが、必ず恰幅の良い雄に撃退される。そのときの雄の攻撃方法は、頭を低くしながら、ポッペンポッペン、とあの長崎のおもちゃ「ポッペン」と全く同じ、金属的とも言える音を出しながら威嚇《いかく》するというものだった。ほとんど毎日その音が裏庭で響いた。けれどドバトがこのように相手を攻撃威嚇するという資料を見たことはないし、私も他のハトでは観察したことがないので、もしかしたらあれは、あの個体が独自に発明開発した方法だったのかも知れない。

オオヒシクイ　カモ目カモ科　全長一メートル弱　翼を広げると二メートル近くにもなる、ガン、ハクチョウ類の中ではハクチョウに次いで一番大きなガン。黒褐色で腹部は白っぽい、地味な色をしているが、すっと形良く尖《とが》った嘴《くちばし》の先の黄色い斑《はん》が鮮やか。飛び立つとき尾羽の白い部分が目立つ。一回り小さいヒシクイは全く同じ色合いだが、オオヒシクイに較《くら》べると嘴が寸詰まり。長い間その生態については謎《なぞ》に包まれていたが、本文にあるとおり、日本に冬を過ごしに来る本種についてはほとんどカムチャツカで繁殖していることが分かった。飛んでいるときのぼってりしたお腹の感じがガンだなあ、と思う。名前の通り、大好物はヒシの実。立ち居振る舞いが豪快で気持ちが良い。ガンの仲間らしく雄雌同色というのも（一回り小さいカモたちは雄雌全く違うことが多い）また分かりやすくあっさりして気持ちが良い。

アカモズ　スズメ目モズ科　全長二十センチ弱　アカ、とはついても、本当は明るい茶色という色合い。ただそれを赤と呼びたくなる気持ちは非常によく分かる。何と言っても鮮やかなのだ。日本には春に渡ってくる。冬期は東南アジアやインド方面で過ごすらしい。過眼線の黒が少し油断ならない感じを漂わせている。近年激減している。

II

この一月の下旬、北海道へ出向く機会があったのでその帰りがけ、新千歳《しんちとせ》空港の近くの長都沼に寄ることにした。春、秋の渡りの時期には中継地点として多く渡り鳥たちに利用される「幅広用水路」である。前回述べた、繁殖地のカムチャツカ目指して福島潟から旅立ったベリー（A33）たちも、この沼を中継地としてエネルギー補給に逗留《とうりゆう》している。

厳冬の（はずの）今は、がらんとして清潔なほど寒々しい雪景色。数羽のオオハクチョウと、遠目で種類は分からなかったがやはり数羽のカモの群れが所在なげに（これは此方《こちら》の勝手な感想）していた。凍ってもいない。こんな大して大きくも長くもない「用水路」が、シーズンになるとその昔の東海道の宿場のように旅客で賑《にぎ》わう。そのときの写真を見たことがあるが、ひしめき合うガン、カモ類で過密状態、交わし合い、叫び合う鳴き声のにぎやかさまで伝わってくるようだった。その合間の、この静けさ。普段なら厳冬のこの時期、凍るはずの長都沼には遠目にも水が流れているのが分かる。少し広めの川、という印象。ビッグ・イベントの合間の野外劇場のような、閑散とした寂しげな風情《ふぜい》だった。

けれどそこへ向かう途中の千歳川で、思わぬ珍客に出会った。ハクチョウたちとヒドリガモの小群に混じってヒドリガモとアメリカヒドリのハイブリッド（交雑個体）、そしてなんとクビワキンクロがいたのだった。この鳥はきょとんとした目をした素《す》っ頓狂《とんきょう》なキンクロハジロと表情がよく似ている。最初はキンクロハジロだと思ったが、冠羽がないし嘴《くちばし》に白い線がある。そして一羽だけでいる。あ、クビワキンクロ、と心の中で叫ぶ。

この鳥は北アメリカ大陸で繁殖し、冬もまた同じ大陸の南へ移動する。ほんのたまに迷鳥として日本でも観察される。アメリカ大陸では群れで行動するようだが、日本で発見されるときは一羽だけだ。つまり本来の渡りのコースを外れた個体が、迷って辿《たど》り着いたのだ。

北極圏に近いコースを迷いながらやってきたのだろう。おそらくはアリューシャン列島を島伝いに。いったいどういう旅をしてきたのか。冬の荒海を、どうしのいできたのか。

今回の北海道行は、ニセコに住む新谷《しんや》暁生《あきお》さん、典子《のりこ》さんご夫婦とのご縁からのものだった。新谷暁生さんはガイドを生業としているが、それこそアリューシャン列島の島々、「荒海の」ベーリング海をシーカヤックで漕《こ》ぎ「しのいだ」人でもある（彼の経歴や、為《な》された仕事はとてもここでは紹介し切れない。ご著書を手にしていただければと思う）。私は以前このときのこと、彼がアリューシャンの島々の間を渡ったときの話を聞いたことがある。

アリューシャン列島はベーリング海と北太平洋の境にある。持ち重りのするベーリング海のせいで、撓《たわ》んで弓なりになったような弧の上に点々と島々が連なっている、そういうラインだ。東端はアラスカ半島の外れ、西端はカムチャツカ半島を望んでいる。同時にそこはベーリング海底のプレートの縁であり、南側は海底で断崖《だんがい》のように落ち込んでアリューシャン海溝ラインになっている。だから北太平洋の北の果てでもある、この島々の南側の海はかなり深い。

島々がまるで堰《せき》のようになるんですね。そう、その堰のところは流れが混ぜられるから深いところから湧昇域《ゆうしょういき》のように水が湧《わ》いてきて、プランクトン豊かな海水が狭い通路のような島々の間を行き来する。あんな厳しい環境にありながらアリュートの人々がかろうじて文化を発達させてこれたのはこの海が豊かな漁場であったからです。本当にハリバット(おひょう)なんかこんなばかでかいのがとれるんだ。

潮の干満の関係で、ある時間になるとベーリング海と北太平洋の間に激しい流れが出来る。浅いベーリング海と深い太平洋。太平洋側が満ち潮になると海水が深いところからゆっくりベーリング海に注ぐ、ベーリング海側が満ち潮になると流れは急激に太平洋側に注ぐ。浅いお盆の上の水を傾けたように。

あのときってどういう感じだったんでしょう。ほら、新谷さんが『バトル・オブ・アリューシャン』で書いてらした、少し前から聞こえていた低い音が急に大きくなって突然潮津波が現れた、まるで目の前に激流の川が現れたみたいだって。その、海に川が現れる、っていうのが、実感として分からなかったんですが。あのときはね、ずっと、こう、漕いでいて、あともう少しで目的地だったんだ。そしたらどこか遠くから、ゴーという音が聞こえるんだよね。それが海ではあり得ない音なんだ。海ではあり得ない音？　うん、海で聞こえる音というのはさ、リズムがあるでしょ。それがないんだ。ゴーン、ゴーンじゃない、ゴー、なんだ。海にある、風の音とも波の音とも違う。いやぁ、このゴーってのはなんだべや、と思って、明らかになんか違うと思って、そしたら目の前、海が川になって流れている。うわぁって俺は恐怖を感じた。だめだこりゃ、逃げようって。咄嗟《とっさ》に逃げることを考えた。けど、どんどんどんどん吸い込まれるように引き寄せられて、もしあのとき僕にあんまり経験がなかったら、このまま流れに乗るしかない、って思っただろうけど、そのとき直観したのは、流れに乗ったら死んじまうってことだった。よし、ともかく、乗り切ろう、って思った。横切ろうって事ですか？　ええ、横切る、横切らなかったらだめだ、って。で、とにかく入ったんだけど、これがすごい、ボカーンって波が立ってくる、カヤックが垂直に立って、波を乗り越えて海面に激しく落ちる。ウワァーって思う、フェザークラフト（彼のカヤック）はそこでねじ切れるようにグチャーッてなるんだけど、またビューと元に戻って、ベタベタベターッと波を越えてゆけるんです。どんな波が来てもグニャラグニャラと乗り越えてゆく。爆発するようなすごい波が何発かくるうちに、あ、これはいけるって、この船は信用できる、って。こいつはそういう剛性をもっている。おそらくボイジャーだったら一発で……。そうでしょうが、私のボイジャーはそんなところには連れて行きません（ほとんど静水専門で使っている私のカヤックは、ボイジャーという商品名。軽いので私にも何とか扱える。が、彼はへなちょこ、と思っているらしい。フェザークラフトは本格的。ただし重い）。とにかく、それから冷静に波を読みながら乗り切ることを始めたんです。喰われないように無意識に操っていた。それでも舳先《へさき》は下がる、艫《とも》は上がる、波を食らったら、パドルで懸命にブレースする……。距離はどのくらいありましたか。長さとしては千メートルぐらいだったと思う。けれど長かった。無限に長かったですね。一時間ぐらい掛かって、これもまた突然、潮津波が僕の後ろになった。終わったときは放心状態。この恐怖に、アリュートは常に晒《さら》されていて、カヤックを進化させてきたんだ、っていうのがわかった。

「……彼らのカヤックが、前後の柔軟性と共にねじれ剛性を高めているのは、この過酷な環境によるものだ。東部アリューシャンカヤックの芸術的な構造は、必要性から生まれたものなのだ。―略― 僕は何も知らずこの海峡を漕いだ。無知だった。」
（『バトル・オブ・アリューシャン』新谷暁生・須田製版）

けれど彼にはアクタン島でやりたいことがあった。それはここでは触れないが、そのために幾度もコースを微妙に違え、距離を測り、風と波を読みつつ、あの海に体を慣らしていったのだ。語り口は朴訥《ぼくとつ》としていて、いつもその場で一番大事なことは何かを瞬時に見抜く、その生きる姿勢には、数多くの冒険家達からも慕われ信頼されてきた、ある種の揺るぎなさがある。が、彼の持つ独特の含羞《がんしゅう》のせいで、決してそれが、威嚇《いかく》するような権威と結びつくことがない。

冷たいですか、ベーリング海の水って、やっぱり。いや、それが、オホーツクの方がまだ冷たい。知床の方が冷たいって感じる。ベーリング海って、緯度的にはあんなに上にあるけど、そんな冷たい海じゃないですよ。千島には人が住みつくのはなかなかだったろうけど、千島よりはあったかいって感じたなあ。うん、僕行ったことないけど、カムチャツカの横流れている海なんか、夏でも相当冷たいらしい。それにくらべりゃ、アリューシャンはまだ、人が暮らしてゆける冷たさって言うか……。じゃあ、人がカヤックで漕げないこともない、というぐらいの……。いや(それどころか)、あそこはまさに、シーカヤックの海です。あそこでアリュートの人たちはシーカヤックという文化をあんな高度なものにまで発展させたんだ。もう、今では漕ぐ人いないけどね。

それだけ高度な文化を持っていたアリュートの人々は、しかし文字を持っていなかかった。文字はそもそも商取引の必要から発達してきたものだから彼らには必要なかったのだろう。そして文字と鉄を持ってやってきたアメリカとロシアに蹂躙《じゅうりん》され、その文化は壊滅的な打撃を受けた。似たようなことが各地の少数民族の歴史で起こっている。アリュートの人々が侵略者達にカヤックを取り上げられてから百年以上が経過し、今の彼らはカヤックを知らない。が、血というもの、それの絡《から》んだ風土というものはすごいもので、新谷さんが彼《か》の地でカヤックに乗ってみせると、その特徴あるアリュート・パドルにとても興味を持ち(彼はアリュート人によるカヤックの復興を願っていた、しかしまだそのために具体的には動いていなかった、にもかかわらず)、その数年後に行くともう何とか入手したらしいカヤックで遊ぶ子ども達がいた。

昔のアリュートの人たちはいつもそういう海を体験していたんですね。そう、アリュートはあそこの海を熟知していた。だから船を動物のようにしたんだ。海を泳ぐアザラシのように、しなる。カヤックの骨に十二個の関節を付けた。あの流れのことも、よく知っていただろうし、それを読んで、また避ける術《すべ》も身につけてたに違いない。

十九世紀末ロシア人達に連れてこられたアリュート人は、従来の自分たちの見知ったコースを大きく外れて千島列島のシムシル島周辺の海でラッコ猟をさせられていた。その海の水は、故郷の海とは全く違う冷たさのものだっただろう。このときのアリュート・カヤック、それからその特徴的なパドルが、函館市北方民族資料館に展示されている。

海の流れと大気の動きはよく似ている。このとき千歳川に浮かんでいたクビワキンクロもまた、アリューシャン上空の大気の流れを読み、幸運と不運とを重ねながら、それでも総体的に幸運の量の方が勝り、ここまで辿り着いたのだろう。この鳥が話してくれたら、それはきっと新谷さんに負けないぐらいの冒険譚《ぼうけんたん》になるに違いない。いつも北アメリカ大陸の北と南を大群で渡りをするという彼ら。その「自分たち」がいつか「自分」だけになったと自覚した瞬間というのはどんなものだっただろう。なぜ群れを離れたのだろう。偶発的な事故か、それとも自発的な意志か。どちらにしても、持てる感覚、経験知を総動員してその場の状況に応じて全《すべ》ての判断を自分で下してゆく、きっとそれは「生きている」というリアルな実感そのもの、そしてまたそれを思う私の、そういう抽象概念の、遥《はる》か彼方《かなた》にあるもの。

クビワキンクロはきょとんと涼しい顔をしている。餌《えさ》くれるのかな、と近づいてくるハクチョウたちの向こうで此方《こなた》を見ている。アリューシャンの海でも、千島の海でも、浮かんでみたの？　風は、どんな風だった？　心の奥で訊《き》いてみる。行ってごらんよ。そういうふうにして、「分かる」種類のことだよ。
個の体験はどこまでもその内側にたたみ込まれて存在の内奥《ないおう》を穿《うが》ってゆく。

昨年、オオワシやオジロワシたちの渡りを見に北海道の道東へ行ったのは、もう四月になろうかという頃だったが、よく吹雪いた。そのとき私は道東の内陸部になる、次の移動場所まで案内人に送ってもらう途中だった。一晩中吹雪いた夜の翌日で、雪はまだ時々降り続けるものの、折々には日も差してくる、そういう日になった。

車が斜里町の外れに差し掛かったときのことだ。道路脇《わき》の雪の積んだ場所へと走り込む小動物があった。あ、と案内人と私の両方で声を上げ、車を停め、そのとき私ははっきりとその小さな小動物のモグラのような尖《とが》った口吻《こうふん》と耳の（見え）ない頭部を確認した。その一ヶ月前、私はチミケップでトガリネズミに会っている。信じられないことだが、またも生きているトガリネズミに出会ったのだ（とそのときは思った。死骸《しがい》は時折山道で見ることもあるが）。まが、それはとても珍しいことなのである。死骸は時折山道で見ることもあるが）。まさか、いくらなんでも、そんなことが。興味があるからといって、何もかもトガリネズミに引きつけてしまっているのではないか、ヤチネズミとか、なんとか、そんなものではないかと思い直し、動き去るそれを双眼鏡で確認しても、やはりトガリネズミのようなのだ。けれど今回のトガリネズミは、前回のそれよりも明らかに大きめで茶色っぽく、一般の動物よりははるかにちょこまか素早く動いていたものの、前回のものの、常軌を逸した細やかさと丹念さに較《くら》べれば（雪の上を、円を描くように走り回っていた）、まだどこかで覚えのある、つまりペットのハムスターやハツカネズミといったもので記憶にある類《たぐい》の素早さだった。

だから、つまり、その（たぶん）オオアシトガリネズミは、側道の雪の山脈（私たちにとっては雪だまり）を乗り越え、広い雪原をジグザグにその向こうの木立へ向かって走った。私は双眼鏡でその様子を見守った。広く白い雪野原で、その姿はひどく目立った。普通、彼らは枯葉の下とかをごそごそ移動して、あんな外敵に狙《ねら》われるようなことはやらないはずなんですけど。そうでしょうね。本人もそのことは承知しているのだろう、傍目にもひどく動転しているように見えた。余程のよんどころない事情があるのか、そうだとしても、少しでも身を晒す時間を短縮するために直線状に走ればいいのにそうしないのは雪面の僅《わず》かな凹凸が彼らにとってかなりの障害になるからなのか。もしかしたら私たちには分からない事情で、彼らにとってはベーリング海を渡りきるぐらいのイチかバチかの冒険なのかも知れない。どうしてこんなコースをとる羽目になったのだろう。ネズミの心情は私の想像力の範疇《はんちゆう》を遥かに超えていた。

すると隣で見ていた案内人が、あ、やられるかな、と呟《つぶや》いた。思わず双眼鏡から目を離すと、カラスが一羽、雪野原に着地していた。そして、本当に日常の延長上、ごく何気なく、といった仕草でひょいと首をかがめ、次の瞬間、その（オオアシトガリ）ネズミの上半身をくわえたのだ。高く上げた嘴《くちばし》の先から、（オオアシトガリ）ネズミのぽったりしたお尻《しり》と、宙にまっすぐ伸ばされた小枝のような後ろ足（そう、指の先までピンと伸ばして）、それにその尻尾《しっぽ》が柔らかくカーブを描いて何とものんびりとした風情《ふぜい》で垂れ下がって見えた。ああ、やられた。カラスはそのまま飲み込むかと思ったが暫《しばら》く逡巡《しゅんじゅん》したあげく、それを木の上の枝まで持っていった。そして何本かの枝を飛び渡りながら意を決したように飲み込んだ。臭かったのだろう。トガリネズミはジャコウネズミのように臭腺《しゅうせん》があり、臭いのだ。他に食糧のあるとき、普通キタキツネなどは嫌がって食べない。それが森の中でトガリネズミの死骸によく出会う理由の一つである。そのとき、この近くにゴミ処理場があり、この辺はカラスが多いんです、と案内人が説明した。ということは、臭《にお》いには比較的免疫《めんえき》のあるカラスだったのかも知れない。

飲み込んだ後、カラスは私たちの車の停まっているすぐ横の電線まで飛んできて、そこに止まると嘴を何度も電線で拭《ぬぐ》った。さすがに不快だったのだろう。

車で走っていて、こういうものに出会ったのは初めてです、五分前にはまさかあのネズミもこういう事になろうとは思わなかったでしょうね、と案内人は言った。いや、あの感じだったら覚悟の上のコースだったんじゃないでしょうか。いつものコースを違《たが》えることの危険を分かっていたような動転ぶりだった。それとも、あの動きがあの種に独特のものなのかも知れないけれど……。

既成のコースを外れることはずいぶんな賭《かけ》だ。けれど従来のコースが役に立たないと分かったら、そこを外れるよりほかない。命がけだから、自分で判断する。アドバイスする先達もなければ、参考にする先例もない。本能と直感だけで生き抜くしかない。失敗したら、それまでのこと。

カラスはしばらくすると飛んでいった。それは全てがのんびりした早春の日差しの中のことで、何の悲劇性もなく、(オオアシトガリ)ネズミはその生涯をカラスの一部となることで終え、カラスはたぶん、久しぶりに生き餌《いえ》をハンティングした。それがその日、三月三十日正午前うららかな昼日中、斜里町の外れで静かに、ほとんど音もなくひっそりと起こったことだ。

註

クビワキンクロ　カモ目カモ科　全長三十九から四十六センチ　カナダからアメリカを小群で移動。全体に黒っぽい印象だが、腹部は白く、顔は紫がかった黒。頭部は後ろに行くに従って盛り上がり、やがてそのラインはストンとほぼ垂直に落ちる、見事な絶壁頭。濃いブルーグレイの嘴には白い環《わ》が目立つ。が、その名の由来になるところの、首回りの環、というのは栗色《くりいろ》で細く非常に分かりにくい上、完全な環ではないことが多い。クビワキンクロ（Ring-necked Duck）というより、嘴の環を強調した、ハシワキンクロ（Ring-billed Duck）と呼ぶべき、との声もあるが、その目立ちにくい環が、個体の特徴ではなくこの種に共通するものと認識したときの感慨がその名に残っているのだろう。

潜水ガモらしく水面を走って離陸、すなわち「助走飛び立ち」をするが（潜らず水面だけの採食をするカモは、浮かんでいるその場から水面を蹴《け》って羽ばたく、「直接飛び立ち」をする）、他のどの潜水ガモよりも身軽に飛び立つ。浮き島や水辺に近い場所に巣を作るが、その場所を決めるのも雌、せっせと巣材を運んで巣作りするのも雌で、雄はただ傍にいるだけらしい。子育てにも一切関与しない。その雄が、時にヨーロッパや日本などへ（迷うのかどうか）、非常に珍しいケースではあるけれども単独で渡ったりする。ちなみにヨーロッパでも圧倒的にキンクロハジロの方が数が多い。

二〇〇七年、一月十五日、ハンターに銃で撃たれ、二日間冷蔵庫に入れられていたクビワキンクロの雌が、冷蔵庫が開いた瞬間首を持ち上げて真っ直《ます》ぐハンターの妻を見つめ、目が合った妻は仰天した、というニュースがアメリカCNNのヘッドラインニュースの一つになった。それから彼女（クビワキンクロ雌の方）は保護され、傷ついた羽の手術にも耐え抜き（途中呼吸がストップするほどの難手術だった）、生き延びた。雄雌共に、それぞれ逆境に強い種なのかも知れない。

トガリネズミ　食虫目トガリネズミ科　ネズミという名が付いているが齧歯類《げっしるい》ではなくモグラの仲間。モグラのように地中を掘って進んだりすることはないが、落ち葉の積もった下、地表との間、言ってみれば限りなく土に近い部分で活動している。体が小さい分、しょっちゅう捕食しなければならず、そのため始終動いている。日本にいるトガリネズミの中でも、チビトガリネズミの亜種、トウキョウトガリネズミは世界最小の哺乳類《ほにゅうるい》。体長がわずか四・五センチほどしかない。トウキョウトガリネズミは北海道にしかいない。明治の黎明期《れいめいき》、捕獲採集された土地のラベルがエゾなのをエドと誤記、それがトウキョウと敷衍《ふえん》されたらしい。誤解を生むだけなのになぜ改めないのだろうと不思議に思うが、当時の素朴さと人間らしい作業の手順が偲《しの》ばれてほのぼのともする「名称の由来」であり、案外そんなところが愛されて改名を強行するエネルギーを削《そ》いでいるのかも知れない。

筆者が最初に生きているこの種を目撃したのは、チミケップ湖畔の雪道、午後三時頃。体長五センチ弱、尻尾もそれより若干短い程度。限りなく黒に近い松ぼっくりが悪戯《いたずら》な風にもてあそばれているようにくるくると忙《せわ》しなく動いている、と見えた。近づいてよく観察すると、糸のような手足がついていて口吻はモグラのように尖って見えた。トウキョウトガリネズミ、と直感。まっしろの新雪上、直径約一メートル以内をちょこまか一刻たりとも休むことなく動き回る様は『ゾウの時間　ネズミの時間』（本川達雄・中公新書）の内容を思い出させた。愛らしい、ビロードで作った「松ぼっくり」。それが本当にもう、忙しくて忙しくて気が動転している、とでもいうふうに細かい動きで這《は》いずり回っているのだ（三半規管かどこかに異常が起きていたのかもしれない）。なのに、あまりにも軽いので、雪面のどこにも足跡が付かない（!）。彼らの行動を追跡しにくいのは、いくら動いても「足跡が付かない」という点にもある。妖精《ようせい》のようである。

鳥が町の上空を通過してゆく

玄関のチャイムが鳴ったので、インターホンをとると、なんだかずいぶんハイトーンの若い男の声が、「〇〇サービスの者です、お引き取りに参りました」と晴れやかに言う。心当たりがまるでないので「はぁ。何を?」と訊《き》くと、「〇〇サービスですよ」いやだなあ、忘れたんですかというふうな苦笑混じりの声で、品名か業種かの見当の付かない、何かのキャラクターの名称のようなものを重ねて言って、それから、「お引き取りにきたんですが」と、こちらを急がせるように早口で続ける。今にも玄関から入ってその何かを「引き取って」いきそうな勢いだ。「何のことか全く分からないんですけど、引き取りに来たって、一体、何を?」と問うと、「先週チラシ入れてたはずなんですけど」と、苛立《いらだ》ちを隠すような笑いを含んだ声で応《こた》える。要領を得ない。以前から段取りを付けていた予定を、まるでこちらが忘れているかのように言う。本人の口調はそういう役になりきっている感じがあった。第一、チラシなんか入っていない。「チラシは入っていないし、だから読んでもいません、じゃ」と、こちらも仕事の途中であったので、インターホンを切ろうとすると、追いすがるように、「ご不要になった布団《ふとん》とか毛布とか引き取りにきたんです」と早口で言う。「不要な布団も毛布もありません」とまた切ろうとすると、「じゃ、座布団とかは?」「ありません」そこでまたワーッと何か、お買得らしき商品のことをしゃべり出したので遮るようにして、「今忙しいのでこれで失礼します」と、今度こそインターホンを切った。

最近物忘れが多いとはいえ、まだまだ記憶は確か(のつもり)だが、してもいない約束を当然しているかのように、ああいう調子でまくしたてられて、もう少し記憶力に自信がなくなってきたときだったら不安な思いをしたかもしれない。近くに高齢者用の集合住宅がある。考えるのもいやなことだが、この人はそちらを回るときのマニュアルをここで応用したのだろうか。誰か被害に遭っていないだろうかと、急に心配になる。

訪問販売とかセールスというものも以前はもっと単純で人間的なやりとりが出来、断るときももっとやんわり断ることが可能だった気がする。こういう、人の心の隙間《すきま》に巣くう不安の在処《ありか》をはっきり知っていて、秘《ひそ》かにそこを狙《ねら》ってくるような高度な手法は、個人的で無自覚な工夫なのか、それとももっと大きな組織的な発明なのか。外に出て、辺りを見てみる。宅配便の車が入ってきた。先程の男の姿は見えない。
さまざまな思惑を持った人々が町を訪れ、また去ってゆく。

この四月の末、中央高速道路を車で走っているとき、視界にワシタカが入った。尾の形がふっくらと扇形で明らかにトビではない。運転中なのでじっくりと見定めるわけにはいかなかったが、それが前方上方に降下してきて、通り過ぎる瞬間、頭の上部に雪がかかったように白い部分があるのを確認した。ミサゴだろうか。けれどこんな内陸部に？　ああ、湖か。北海道の内陸部の湖にも、同じくウミワシ類のオジロワシが湖の魚を求めて現れる、という話を聞いたことがあった。けれど首が長かったような気もするから、ハチクマかも知れない。安曇野《あずみの》からここは通勤圏だろう。

ハチクマからすぐに安曇野を連想したのは、樋口《ひぐち》広芳《ひろよし》著『鳥たちの旅——渡り鳥の衛星追跡』（日本放送出版協会）を読んでいたからだ。長い間謎《なぞ》とされていたこのハチクマの渡りの詳細が、この本に記してあり、世界地図を確認しつつわくわくしながら読んだ。著者の樋口さんは渡り鳥の衛星追跡の第一人者で、これから書く衛星利用の追跡調査についての私の知識はほとんどこの本による。

一九八〇年代から使われ始めたこの画期的な「追跡方法」は、大まかに言うと対象動物に送信機を背負ってもらい、そこから送信される電波を人工衛星が受信、そのデータを地上の受信局へ再送信、更に情報処理センターを経て位置測定が行われ、インターネット等で研究者に配信されるという仕組み。ただ、送信機も始終送信し続けているわけではなく、何時間かごと、とインターバルを置いて設定され、しかも何かの加減でうまく電波が届いてくれないこともあり得る。ドップラー効果を利用して位置を確定しているので同じ場所からの送信が二回以上受信される必要もある。受信機である人工衛星の方も四六時中受信できるわけではなく、地球の上をぐるぐる回っているわけだから(人工とはいえ、衛星、だから)、電波が送信されたときにうまくそれがキャッチできる場所にいるとは限らない。

今年の四月には、その衛星追跡調査で、オオソリハシシギが南半球から北半球へ一週間ほどかけて一万キロ以上もの距離を、無着陸で飛び続けていたことが確認された(これは共同通信社の報道による)。追い風はなく、全くの羽ばたきだけ、自分の筋力だけを頼りに、夜も昼も飛び続けたのである。これは別に、何かに追われていて絶望的な状況の中で起こった（周りに宣言したせいでやめるにやめられなくなり、ヨット無寄港世界一周を達成するとかいうような）火事場の馬鹿力的《ばかぢからてき》快挙ではなく、年中行事の一環として、つまり自分のライフスタイルに組み込まれた無理のない（こともなかろうが）イベントだったのである。いくらその土地が餌場《えさば》として魅力的であるとしても、何もそんな遠くまで行くことはなかろう、もっと近くにいいところはなかったか、と思うのは、財力のある人が当たり前のように豪邸を建てるのを見て、何もあそこまでしなくても、と思うようなもので、その力のある者にとっては、別に当然のことなのかも知れない。この辺のことは、そういう力を持ったこともない者には分からない、余計なお世話と言われる種類のことなのだろう。

　そう言えば以前ウトナイ湖で、そこにオーストラリアで標識を付けられたオオジシギがはるばる渡って来ていたことを教えて貰《もら》ったことがある。キョクアジサシも南極北極間を渡るが、彼らは見るからにスピード感のある、流線型の体つきや力強そうな羽を持っている。だがシギの仲間は体型もずんぐりぼってりして、クチバシか足かどこかがアンバランスと思われるぐらいに長いものが多く、失礼だけれどなんとなく間が抜けて見えて、とてもそんな偉業を成し遂げるような種に見えない――これも余計なお世話というものなのだろうけれど。

オオソリハシシギやハチクマなどは中型から大型の鳥たちである。この「衛星利用の追跡」をするには、まず対象になる鳥を捕獲して、送信機を身につけて貰わなければならない。鳥の生活に悪影響を与えないため、送信機と取り付け器具の重量の基準は、その鳥の体重の四パーセント以下とされているらしい。だから小型の鳥への装着はまだ難しい。それでも、開発当初から較《くら》べると、送信機そのものも、太陽電池になったり、軽量化されたりと進化しているらしいけれど、渡りという命がけの事業に向かうときに、余計なものを装着されるのは鳥にとっては迷惑以外の何物でもないだろう。実行するのはもともとが鳥好きの人たちだから、その装着に関しての葛藤《かっとう》はかなりのものがあるに違いない。前述の『鳥たちの旅』の中でも、著者が「今日取り付けた送信機はあの鳥を苦しめてはいまいか」と眠れぬ夜を過ごす様子が描かれている。万全の注意を払ってでさえ、やはり、個体によっての負荷はやってみないと分からないところがある。日々刻々と送られてくるエキサイティングな鳥の渡りの実況に、研究者たちがどんな喜びを与えられているか、それが読むものにも伝わって、清々《すがすが》しい大気の中をただ一心に飛び続ける鳥たちへの感動を共感できるだけに、この辺りの葛藤もまた、読み手の心に当事者たちと同じ憂《うれ》いを落とす。ただこの調査は、人間の側の、「あなたが今どこにいるか知りたくて」という欲求からだけで行うのでなく、その生態や渡りの航路を知ることによって、彼らの側の利益になる、という大事な目的のためでもあるのだ。鳥の渡りの中継地や繁殖地として重要な湿地や森林、干潟が、怖《おそ》ろしい勢いで減少していっていることも、データがあれば、そのことを理由に開発や伐採の計画を考え直して貰う重要な契機になる。

例えばイスラエルは年二回、約五億羽の鳥が飛来する鳥の道の要衝地であるが、彼《か》の地の鳥類研究者、ヨッシィ・レッシュムさんは、この衛星追跡を用いた調査でバード・ストライクの事故を大幅に減らすことに成功している。この調査がイスラエル空軍との共同プロジェクトであったということは、航空機のエンジンに鳥が突っ込んでくる、へたをすれば悲惨な事故に繋《つな》がる、というようなバード・ストライクの引き起こす害に、軍の方も相当頭を痛めていた、深刻な問題だったということなのだろう。この調査で得られた鳥の飛行経路情報を元に、軍用機の航路を変えるなどして、数千羽にのぼる鳥が助かった、とされている。

軍用機を飛ばすのも人間、熱帯雨林や干潟を破壊しているのも人間である。多様な生命のためには、本当はそういう根本的な人間由来の問題を何とかするのが先であろうが、とりあえず、早く救える命から救っていくしかない。

衛星利用の調査以外に、鳥たちの移動の調査方法としては、（許可を取った）カスミアミなどで一羽一羽捕まえ、足環《あしわ》や首輪を付ける昔ながらのバンディングというものがある。自分の庭に毎年来ているジョウビタキ（スズメほどの大きさ）が、実はいつも同じ個体で、夏にはシベリアにいるのだ、ということが分かったときの言うに言われぬ喜びは他を以《もっ》て代え難いものだ。そのときに湧《わ》き起こるこの小さな他者への畏《い》敬《けい》の念は、傲慢《ごうまん》な人間であることの罪から、少し私を遠ざける気がする（もちろん、データを取るだけ取り続け、長年それの整理も活用も「鳥に危険が及ばない範囲での」公開もせず、ただ鳥に迷惑を掛けるだけ、というのは論外だけれど）。

さて、安曇野出身のハチクマ、成長雌のあずみの避寒地はジャワ島だ。彼女たちは春と秋の二回をかけて安曇野からジャワ島・タシクマラヤを往復する。二〇〇三年九月十九日に安曇野を出発した彼女たちは、そこからほぼ西に、近畿、瀬戸内沿岸、福岡、五島列島を出て一日かけて東シナ海六八〇キロを越え、九月二十九日上海《シャンハイ》の北、揚子江《ようすこう》河口に達している。更に西にゆるやかなカーブを描くようにして中国、ベトナム、ラオス、タイ、ミャンマー、マレー半島と、私の知っている都市の近く、町の上、山岳地帯などを通過し、次第に南下を続けスマトラ島に入り、最終地ジャワ島・ボゴールの東にあるタシクマラヤに到着。所要日数五十二日、総延長移動距離は九五八五キロの長旅である。

春の渡りは更にその経路を西に大回りするような形で、朝鮮半島の付け根まで到達した後、九〇度方向を変え、朝鮮半島を真《ま》っ直《す》ぐ南下、九州福岡に入り、またそこで九〇度転換して安曇野を目指している。出発到達が安曇野であること（樋口さんの言葉を借りれば、「何丁目何番地何号まで決まっていた」）、日本への出入り口は福岡、という拘《こだわ》りがとても面白い。このとき所要日数八十七日、総延長移動距離一万六五一キロ。

「あずみの秋と春の旅は、カンボジアを除く東アジアすべての国々を周遊する旅だった。なんとも豪快な旅である。私たち人間には、政治的、技術的な理由から、いくら望んでもこんなすごい旅をすることはできない。うらやましい、としかいいようがない。」（『鳥たちの旅』）

あずみが無事に生まれ故郷の安曇野に到着したと連絡を受けると、樋口さんはその日の予定を変更して信州安曇野に駆けつける。共にあずみを追跡していたグループの方々が、

「『戻ってきたね！』『よかったね！』『おどろいたね！』『すごかったね！』と、皆、

あいさつがわりに口々に叫んだ。この日の晩、私は—略—ハチクマ追跡の共同研究者と、あずみの長旅の疲れをねぎらい、無事の帰還を祝って、安曇野で祝杯をあげた。あずみは、ほんとうに私たちに大きな喜びと感動を与えてくれた。八ヶ月間ほどにわたる追跡期間中、私たちは毎日が興奮の連続だった。祝宴の場に、あずみが同席してくれていないことが残念だった。」（同）

臨場感溢《あふ》れる文章に引き込まれ、本当に残念だ、と、しみじみと思う。読みながら書かれている地名と日にちを、手持ちの地図帳に書き込んだりしていただけに、この作業をあずみの行動とリアルタイムで進めていたなら、私はもう他のことは手に付かなかったのではないかと思う。

それにしても、日本からジャワ島まで、無理のない最短距離で飛ぶことも出来るだろうに、なぜここまで大回りして飛ぶのだろう。先日樋口さんにお会いできた機会に確かめてみたら、このルートは毎年ほぼ変わらないものらしい。食物の得られやすい場所の情報が代々伝えられてきた結果ではあるだろうけれど、それにしても最初にその場所を発見した個体があったはず。毎年訪れる土地が同じなら、旅の最中、ああ、この風が吹いてきたらもうあそこだ、とか思うだろうか。中継地の中にも格別（食物の確保がしやすいという条件の他に）好きな場所、とかも。いろいろと想像の余地があるところがまた楽しい。

渡りの毎日が、このようにビビッドに分かることが、なぜこれほどまでに人を興奮させるのだろうか。鳥の目線で山脈を越え、大海原を越え、そして彼方《かなた》に見えてくる町を想像してみる。あずみは、一年の三分の一以上を渡りに費やしていた。目的は最短距離で移動することではなく、「A点からB点へ、B点からC点へ」移動しながらの生活、そう、昔のロマのような、移動の生活、移動する日常そのものなのかもしれない。

先日、K書店の編集者、Kさんと話していたとき、彼女が、町にも「機嫌」というものがある気がする、と呟《つぶや》いたことがあった。「昔よく自転車に乗っていたとき、あ、今日はこの町は機嫌が良いなとか、この町はちょっと機嫌が悪いな、とか、そんなことを感じるんです。町にも機嫌っていうものがあるなあって」。

それは私がよく町を歩くという話からの彼女の連想で、「だから、自転車でなくて歩いたらもっとそういうことを感じるだろうな、と思いました」とのこと。その、「町の機嫌」という発想がとても面白くて、なるほどなあ、と思ったけれど、私は歩いていてあまりそういう感慨を持ったことがなかった。それは多分、「歩いている私」は、町の機嫌を構成する一分子になっているのであって、「機嫌」を感じ取れるのは「自転車に乗って町を通り過ぎる」観察者の視線ではないだろうか。町の機嫌をすくい取るようにして走り、次の町の機嫌を、またすくい取って進む、そういう速さ。車のスピードだとそういうゆとりはない。歩行者は町を構成する一つ一つに目がゆく。そして自分もその一つになっている。そんなことを、Kさんに話した。「ああ、なるほど、そこを通過する速さ、というものの問題なのかも知れませんね」。たぶんそれは、機械によって「運ばれる」速さではなく、自分の脳から筋肉に直結してコントロールできる範囲の、最大限の速度ということなのだろう。

鳥が飛んでいて、ある町を通過するときの速さ、というのは種によって違うのだろうけれど、等間隔に一列になったカワウの群れが、脇目《わきめ》もふらず、朝の琵琶湖の湖上を南に向けて飛んでいったり、夕方、逆向きに帰ってきたりするのを見ていると、毎日同じ風景を見て、でも彼らには「毎日同じ」ではないのだろうなあと思う。

以前、水辺をカヤックで浮かびながら本を読んでいたら、数メートル前の葦原《あしはら》の茂みからカイツブリの親子が出てきて目の前で遊び始めたことがある。雛《ひな》のうち、三羽は生まれたてでふわふわのポンポンのよう、二羽ほどはそれより少し大きめ。遠目ではよく見るが、これほど近くで長い時間見たのは初めてなので、息を凝らしていたら、やがて親の方がすっと茂みに消え（今思えば潜水していたのかも知れない）、大きい方の雛は潜水、小さい雛たちは葦の根元で身を固くして動かなくなった。あれ、こちらに気づいたのかな（気づくも何もない、最初から見えていたと思うのだが）と思う間もなく、彼らの斜め後方上空からトビが滑空して現れた。あ、これのせいかと鈍い人間はようやく気づいた。トビはそのまま通り過ぎたが、あのときの雛たちの緊張は今でも痛いほど私の中に残っている。大きい雛は潜水を覚えたが、小さい雛たちはまだだったのだろう。幼い雛はよく親の背中に乗り込んで共に潜水するらしいが、彼らの危機察知アンテナはその乗り込む時間もなしと判断したのかも知れない。

野生の本能をフルに使って生活していかなければならないのは、人里に親しいカラスもスズメも皆同じだ。従来野生動物のテリトリーであった山野や水辺がどんどん開発され、（近年よくニュースになるクマの例のように）彼らが人間の生活圏と重なるところで生きていかなければならなくなっても、そのことに何ら変わりはない。ハンガーでもビニール紐《ひも》でも巣材として使えるものは使うし、養魚場でもゴミ捨て場でも餌場として利用できるところは利用する。人間の家の台所だって入り込めるものなら入っていくだろう。そういう人の感傷の及ばない場所で、したたかさとけなげさの区分のない場所で、野性はその本領を発揮する。ただその野生に生きるものの中で、時折遊びとしか思えない残酷性を発揮するものがある。

以前暮らしていた英国サリー州の借家の庭に、アカギツネが姿を見せることがあった。大きくとられたテラスの窓から、芝生に覆《おお》われたその庭のほぼ全体が見えるのだが、庭の奥に行くに従って緩やかな上り坂になっている。テラスから出ている小径《こみち》が、庭の両脇にしつらえてあるいくつかの花壇の間を巡り、しだいに坂を上ってゆく案配になっている。上りついたところには石畳が配され、下のテラスからはそこがまるで小劇場の舞台のようにも見えた。その一番奥は木立になっていて家の中からは暗くてよく見えない。だからその「舞台」が良く映える。庭は、五百坪以上はあっただろう。

小雨が霧のように降るある朝、初めてこのアカギツネを見た。まるで舞台の主役を務めるかのように堂々と、その石畳の真ん中に立って家の中にいるこちらを見つめていた。ふさふさとした尻尾《しっぽ》、ピンと立った耳、艶《つや》のある毛並み。思わず大声で家族を呼び、皆で見とれた。それからもときどき庭先で見かけ、その威厳のある様子に家族からは「サー」という愛称で呼ばれるようになった。もちろん、彼の与《あずか》り知らぬことであったけれど。

そのサーが数週間姿を見せないことがあった。テリトリーを替えたのだろうか、と思っていたら、ある日見違えるようなみすぼらしい姿で生け垣の向こうから出てきた。がりがりにやせ細って毛も抜けた体、目も片目はまるで開かないような様子、耳もしおとして、尻尾など、まるで牛のそれのように細くなっていた。何があったのだろう、これはケンカの傷なんていうもんじゃない、病気だ、とおろおろしたが、捕まえることも出来ないし、野生のものにどこまで干渉すべきか、私の中にまだ指針のようなものが出来ていなかった。けれど、このままでは明らかに死んでしまう。あのよろよろとした様子では狩りなどとても出来そうもない。そう思って、花壇の手前、階段状になっているところに鶏肉《とりにく》を少し置いた。

今思えば、サーは明らかに疥癬《かいせん》に罹《かか》っていた。翌日置かれた鶏肉に気づき、食べようとするのだがそれもまたひと苦労で、うまく嚙《か》むことすらままならない様子に見えた。それでも無くなったら置くようにしていたその鶏肉が、彼の命を長らえさせていたのだと思う。あるとき、その鶏肉にマグパイ（カササギ）が気づいた。鶏肉をつついて遊んでいるところにサーが現れた。マグパイはその鶏肉がサーの生命線であることを直感的に分かったようだった。サーがよろよろとしてその鶏肉を取りに行こうとするとすかさず鶏肉を下の段へ引っ張った。サーは何とかしてまたそれを奪おうとする。さすがにキツネの矜持《きょうじ》を見せてマグパイを威嚇《いかく》する。マグパイはへいへい恐れ入りました、という様子で悠々と一段下がってみせるが、すぐにまた不敵にもサーの目の前に出る、サーは怒って噛みつこうとするがそれが余りにも威力がなく、マグパイは必要最小の動きでそれを避《よ》ける。そんなことをずっと繰り返していた。明らかにマグパイはサーの力を見切って、遊んでいたのだ。

遊びにもいろいろな種類がある。何かを繰り返すというだけの素朴なものもあれば、人を罠《わな》に掛けて喜ぶ類《たぐい》のものもある。共通しているのはそれによって何らかの快感を得ているということで、人の苦しみを見て残酷な喜びを覚える、というのもまた、快感の一種には違いない。マグパイに関して言えば、それは彼らの文化度の高さを表しているのだろう。狡知《こうち》ということは、野生から離れてどんどん洗練されてゆく文化に付随してくる能力なのかも知れない。そしてもしかしたら、それは、定住することによる心理的な余裕のようなものにも、関係しているのかも知れない。そのゆとりの中にどうしようもなく沈んでくる澱《おり》のようなもの。

次から次へ、移動しないといけない、という刷り込みのある種には、誰かをいたぶって快感を得るなどという暇はあまりなさそうに思える。

私があの○○サービスの男に感じた不気味さは、彼の私への対応が、まるで新幹線でザッと一つの町を通り過ぎるくらいの（実際そうやって一軒一軒を「通り過ぎて」いったのだろう）、粗雑なものでありながら、焦点だけはしっかりこちらの意識レベルの確認に合わせていたことに対してだった。相手の「弱り具合」を的確に判断し、要所要所で自分の優位に持っていこうとする。だから軽口を叩《たた》きながらも彼自身は決してリラックスしていなかった。野生の動物が狩りをしているように、冷静で、一瞬一瞬抜け目なく自分のペースに持ち込もうとし、真剣だった。

それが「マグパイの遊び」系統のものではなく、彼自身、あるいは彼の家族の生活の糧《かて》を得るための、追いつめられての「技」だったのだとしたら、あるいはあれも、野生の渡りに近いものだったのかも知れないけれど。

ともあれ、彼らもまた、町の機嫌を構成する一分子には違いない。

鳥が上空を飛んでいるとき、彼らの下に見えるであろう自分の居る町を、彼らの視点で想像してみる。通過点として、当座の生活の場としての、ビビッドに動く町を。渡り鳥はそのルートを風景としても記憶するらしいけれど、半年から一年ぶりに同じ町を通過するとき、何か、気配の違いのようなものを感じるだろうか。

彼らの視点を想像してみる瞬間だけは、地に繋《つな》がれていることを忘れる。

註

ハチクマ タカ目タカ科 全長約六十センチ 翼長百三十センチ弱 この衛星追跡システムが実施される前、ワシタカ観察ベテランの写真家が、ハチクマの謎《なぞ》の一つとして、秋にはサシバなどと同じく大群で南方に渡るはずなのに、サシバの渡りの中継地である沖縄近くの島々では、ハチクマの群れを見たことがない、サシバは何千、何万単位で通過していくのに、ハチクマには一、二羽しか会わない、一体どういう経路を辿《たど》るのか全く謎だ、と書いているのを読んだことがあった。その当時は、まさかハチクマがアジア大陸を大きく迂回《うかい》しながら南方に向かうなどと、誰も予想だにし得なかったのである。ハチクマの大好物はハチの子（ハチのさなぎや幼虫）。そのためハチの子を珍味とする地方では、ハチクマと競争するようにして地中のクロスズメバチの巣を探すこともあるらしい。ハチクマの好むのはアシナガバチやスズメバチなどの狩りバチだと言われているが、樋口さんによれば「どうも彼らは養蜂場《ようほうじょう》の場所をおさえているらしい」。頭が小さくて首が長い印象があるので、ノスリなどと較《くら》べるととてもスマートだと思うが、英名をOriental Honey Buzzard（東洋ハチミツノスリ）という。目に猛禽類《もうきんるい》の獰猛《どうもう》さが感じられず、邪気のない爬虫類《はちゅうるい》のようなおっとりした雰囲気を漂わせている。ハチクマが襲うハチの巣にはハチがいなくなるのでハチクマにはそういう体臭があるのではないかと言われているらしいが、だとしたらその匂《にお》い成分を分析したらハチ避けスプレーが出来るのではないかと思うのだが。よほど臭いのだろうか。

渡りの先の大地

I

出版社気付で来た郵便物の中に、私が以前上梓《じょうし》した『春になったら苺《いちご》を摘みに』というエッセイ集の、「それぞれの戦争」という章に出てくる、アメリカのツールレイク収容所で戦中を過ごされた日系二世の方についての問い合わせがあった。

その手紙の主は、川手晴雄さんという、高校で歴史の教師をなさっている方だ。十数年前父親の正夫さんを亡《な》くされ、その後、押し入れにあった古い鞄《かばん》から古い写真や手記、日記等を発見する。そこには川手さんの全く知らない父親がいた。社会的なことには関心を持たず（に見え）、静かに余生を送っていた晩年の印象とはかけ離れた、自らの理想に生きる「若き日の父」がいたのである。以来、今はもうコミユニケーシヨンの取りようもない父の足跡を追っていた彼は、私のエッセイのことを知り、ぜひその「日系二世の方」に連絡を取りたい、と手紙を下さったのだった。戦前を同じく日系二世としてアメリカで過ごした正夫さんもまた、戦時中ツールレイク収容所にいた。しかし、当時の正夫さんを知る人が、ほとんど見つからないらしいのである（一人だけ、かろうじて覚えている方がいらっしゃったのだそうだが）。

エッセイに書いた出来事が起こったのは、その手紙をいただく九年前のことである。当時私はトロントに住んでいて、私事で一時的に帰国し、所用を済ませた後またカナダへ戻るため、関西国際空港行きの「はるか」に乗っていた。途中の駅で隣の席に乗ってこられたのがその日系二世の山根《やまね》斉雄《ときお》さんだった。エッセイに本名は記していない。名前だけは最後にかろうじて聞いたが、文字通りの「行きずり」で、きちんと連絡が取れなかったからだ。しかしプライベートな、というよりも、歴史の証言としての重みが強い内容であったので、いつかどこかでこの話を紹介する可能性のことが頭をかすめ、私は彼の話の途中を遮って、自分が物書きである旨《むね》をことわり、手帳に記録する許可を得た。けれど私はその内容とその場の空気のなかに浸り切っていたし、何かに書く（発表する）という明確な意識もまだなかったので、周到に連絡先を聞くまではしなかった(そういうことは、何というか、そのとき不粋に感じられた)。口頭で自己紹介はしたが、名刺を持っていないので、彼の方も私の名などすぐに忘れてしまっていただろう。何より私たちはそれぞれ空港へ向かう途中で、互いに目的のある慌《あわ》ただしい移動の途中だった。ただ、このこと、戦争中に彼らの身の上に起こったことを大勢の人に知ってもらいたい、歴史の中に埋もれさせたくない、そういう願いがあるということは、彼の言葉の端々から感じ取れたし、また実際にそうおっしゃりもした。そのエッセイが本になって出版されたとき、私は何度か彼と連絡を取ることを考え、再会したいとも思ったが、日々の仕事に追われてそれが果たせずにいたのだった。

川手さんの手紙は短い簡潔な文章だったが、彼の父親探しが、彼自身の存在の根幹にかかわる切実なものだということが偲《しの》ばれた。こういうことにはつい共感してしまう。とりあえずお尋ねの山根さんの名前と、記憶にある不確かな出身地をたよりに、一〇四で電話番号を尋ねる。当然のこと、交換手は「そのお名前で届け出はありません」という。今回はここであきらめるわけにはいかないので、そのエッセイの担当編集者にわけを話し、相談する。すると編集者は(かつて使ったことのないらしい)不思議な情報網を駆使して（私に結果報告してくれる声が消耗していた）、山根さんが二年前にお亡くなりになっていることを調べてくれた。

こういう体験は初めてではない。そのうちいつか会える、と漠然と再会を信じていた人が、自分の腰の重さから二度と会えないことになってしまった、ということは。そのたびに後悔と喪失感に襲われる。川手さんにその旨手紙で書き送る。しばらくしてまたお手紙をいただく。了解を得て、その最初の一部を紹介する。

「御返信ありがとうございました。―略―

さて、梨木さんが探し当てていただいた『山根斉雄さん』ですが、残念ながら、私もよく知っている方です。というよりも、山根さんと梨木さんがこういった形で出会っていることに不思議な縁を感じました。

山根さんは、二年前に亡くなるまで、アメリカの収容所での『ノーノーボーイ』の生き残りとして、大変に貴重な存在でした。……」

私は安堵《あんど》するような悲しいような複雑な気持ちながら、その「ノーノーボーイ」という言葉にひどく惹《ひ》かれるものを感じた。それから、川手さんの「父親探し」が、（生存者たちの高齢ということを考えると）いよいよのっぴきならない切迫感を持っていることも他人事《ひとごと》でなく気がかりになった。それで、川手さんに電話をかけ、実名でエッセイに書かせていただけるかどうか、そして最初にお父様の日記を発見したときのことなど、お話を聞かせていただきたい、等々お話しした。私の文章の読者が多くはないにしろ、万が一心当たりのある方から正夫さんやツールレイク収容所に関する情報が寄せられれば、という思いがあったし、私自身も「移民」という渡りの方法を取った人々のその後について、もっと深くその背景を知りたいと思ったからである。川手さんは快く応じてくださり、ちょうどご自分がこのことについて書き進めていた原稿があるので、まだ途中ではあるけれど参考になるなら、とのこと、お会いしてそれを拝見させていただくことになった。ノーノーボーイたちは後述する理由から、自分たちのことを話したがらなかった。しかし、彼等が自分たちに、そして彼らの信じる「アメリカ」に忠実だったことは、私は山根さんとの邂逅《かいこう》で知っていた。

その九年前、関空へ向かう列車の中で、私のチケットと同じ車両、同じ座席番号のチケットを持って、山根さんは私の横へ座った。ただ列車番号が違った。話をする中で、彼はすぐに自分たちが乗るはずの列車に乗り遅れていたことに気づくのだが。彼はその間、連れのアメリカに帰る姪御《めいご》さん（見かけは全く日本人）たちと英語でやり取りをしていて、最初はただ、それを失礼に思われないよう、自分たちの出自を私に説明しようとしたのだろう。次に、長くなるが、拙著からの引用文を載せる。

「……彼がぽつんと、

――私はカリフォルニアで生まれ、向こうで教育を受けました。

何かそのとき閃《ひらめ》きのようなものが起こり、少しためらったのだが思い切って、

――では戦時中は日本にお帰りに？……

と切り出した。瞬間彼は視線を伏せ、内側に沈み込む人の声になり、

――……いや、アメリカで過ごしました。強制収容所で。

私は居住まいを正す。

――ご存じですか？

私は頷《うなず》いた。彼はそれを確認して、

――ひどいもんでした。まるで馬小屋ですよ。急造のバラック建てで床にはアスファルトが流し込んであって、冬は寒くて寒くて……。フレスノ強制収容所です。カリフォルニアの真ん中にある。そこからアーカンソー州のジョロム（ジェローム）というところで忠誠の問いをたてられたのです。つまり、おまえたちは敵国出身だがアメリカに忠誠を尽くす気があるのか、というのです。……怒りましたねえ。自分たちはずっと自分はアメリカ人だと思ってきた。それなのにほとんど着の身着のまま、荷物

は両手で持てるだけしか許されず、預金も凍結、いきなりあんなひどいところに押し込められて……だってドイツ人もイタリア人もそんな目にはあっていないわけですよ。それが、二世も三世も、日本人の血が一滴だって混じっている者は——一滴だって、という表現です——有無を言わさず強制的に収容されたんです。子が親に裏切られたような思いです。何が今更忠誠だって怒ったら、不忠誠の烙印《らくいん》を押されてカリフォルニアのオレンゴ（カリフォルニアとオレゴンの境？）にあるツールレイク隔離収容所というところに送られました。

——当時忠誠を誓わなかった人というのはどのくらいいたんですか。

——それは全部で一万四、五千ぐらいだったと思いますよ。自分たちはそこで日本へ帰国させろ、と市民権放棄運動をやったんです。

——失礼ですが当時おいくつぐらいでいらしたんですか。

——ハイスクールの頃です。僕は陸上をやっていてカリフォルニアのインターハイで優勝したこともあったんです。

——すごいですね。

——当時市民権をくれという運動はあったが、市民権を放棄させろという運動はなかった。それで当局も戸惑って新しく議会で法案を成立させなければならなかった。

――法案は通ったんですか。

――最終的にはね。ツールレイクである事件が起こった。収容所の管理員が日本人の食糧をこっそり盗んでいたのを、日本人の保安要員が問いただしたら殴られてけがをして帰ってきたんです。ジュネイヴァ（ジュネーヴ）条約では三ヶ月分の食糧は確保されなくてはならなかったのに。それで代表者会議があり、そのとき重要な人物に管理事務所にきてもらおうとしていたところだったので、今事を起こすなと皆に言いにいってくれと言われて――ほら、僕がインターハイで優勝してるのをその人は知っていたんでね――走ってその決定を知らせにいこうとした、そのとき友人の轟というやつが一人じゃ心配だからというんで後ろからついてきてくれた。夜の道を走りましたよ。しかしそのとき物陰から数人のアメリカ軍の軍人たちが現れた。鉄砲、バット、ピストルで武装してね。気絶するほど叩《たた》かれた。それから夜中の九時から朝の五時まで拷問《ごうもん》を受けました。

――……。

――途中でタニー・小林という男が――この男がアメリカ人が食糧を盗んでいるのを最初に発見した保安要員です――連れられてきた。そして自分が見たのは誤りだったといえ、と脅されるんですが彼は頑としてきかない。壁に手を挙げさせられて拷問を受ける。野球のバットで頭を叩かれる。二回目で頭が割れ、脳天から血が噴き出す。三回目でバットが真っぷたつに割れる。全《すべ》て血だらけです。僕もそのときは陸上のユニフォームを着ていたんですが何もかも真っ赤に染まりました。タニーは病院に送られて亡くなりました。

——……。

実は彼がこれを話す前に、私は彼に、そこまで抵抗して拷問を受けるようなことはなかったのですか、と立ち入ったことを訊《き》いている。そうでなければ彼は準備のない人間に進んでこういうことは話さなかっただろう。語り口にはきちんと感情をコントロールできる人の抑制と穏やかさがあった。

私はまだハイスクールに通うような少年が、そういう現場に立ち会ったこと、そういう目に自ら遭ったことを思い、痛ましさに眉間《みけん》に皺《しわ》が寄るのを感じた。思わず手で口を押さえる。

——それから僕たちは軍の重営倉に入れられました。軍の監獄ですよ。おまえらが首謀者だ、といって罪を全部こちらになすりつけようとするんですな。僕たちも、弁護士を呼べ、ＦＢＩを呼べと騒ぐ。結局八ヶ月そこにいました。その話が日本国の政府にも届いて抗議がくる、最後にスペインの領事が会いに来てくれて僕たちの言い分を聞いてくれた。

——スペインの領事というのはどうして。

——当時の日本の友好国ということだったんでしょう。自分は日本国の利益代表国の使者としてきているのであって、君たちがアメリカの市民である以上、内政干渉になるので自分には何もいえないが、とすまなさそうにしてね。

——まだアメリカ市民でいらしたわけですね。

——そう、そのときは。だがそのスペインの領事がせめて欲しいものはないか、と訊いてくれたので、じゃあ、タバコを一本、といったんです。いや、あれはうまかった。あの一本のタバコ。あんなうまいタバコは……。一生のうちに初めてです。それと人の心の温かさね。嬉《うれ》しかったなあ。

私はここでようやく少しほっとする。

——それから僕たちはハンガーストライキをやりましてね。八日目に気を失って病院に入れられた。それでアメリカの市民団体や弁護士グループが騒ぎ出した。あんまり非人道的なことをやると日本にいるアメリカの捕虜たちもひどい目に遭わされるんじゃないかというわけです。それで無条件釈放。大島大使らといっしょにシアトルから海軍輸送船で帰ってきたんです。

――何人ぐらいですか。

――四百人です。しかし当時の記録がまるで残っていないんだ。日本側にもアメリカ側にも。どうも、秘密裡《ひみつり》に捕虜の交換、ということだったんじゃないかと思っています。そのとき戸籍も作られたんですが、自分がアメリカで生まれたということはどこにも記載されていない。どこを探しても、僕らのような人間がいたという記録がない。……しかし、想像はしていたが日本の惨状というのはあまりにもひどかった。一緒に帰ってきた者の中には自殺する者もでた。轟も自殺しました。

語り口は依然として淡々としている。

当時は日本語も皆それほど流暢《りゅうちょう》だったわけではあるまい。やっとの思いで帰国した祖国で受けた扱いは、彼はひと言もそれについては言及しなかったが、決して温かいものばかりではなかったに違いない。それでなくて念願の帰国を果たした彼の親友が自殺にまで追い込まれるわけがない。

私は相槌《あいづち》の打ちようもなかった。……」(『春になったら苺を摘みに』より)

さまざまなこと、この文章を書いていたときは分からなかったさまざまなことが、今再びこの文章を書きながら、ああ、これはこういうことだったのかと感慨を新たにし、また山根さんと出会って話した二時間足らずでは理解が不十分だった、さまざまなことが、今回川手さんの原稿を拝読するなかで、次第にクリアーになってきた。

ちょうど入試の時期で、現役の教師である川手さんは多忙な中、時間を割いて会ってくださった。このことをご自分のライフワークの一つとなさっている、その熱意のしっかり伝わる、充実した時間が持てた。これもまた不思議な縁のいくつかが繋《つな》いでくれた出会いだった。

私は翌日、諏訪《すわ》湖へオオワシの取材に行くことになっていた。それで、その日、午前中川手さんにお会いし、彼が集めた資料をもとにした原稿を受け取ったあと、午後に、諏訪湖行きの打ち合わせを済ませ、それから自分用のスコープの購入に行った。

ここで言うスコープというのは、野鳥等の観察用の、三脚に取り付けるタイプの望遠鏡である。前まえから必要を感じていたのだが、双眼鏡に比べてはるかに重い。それを持って移動することを考えると、ただでさえ体力に劣る自分の行動スタイルとしては無理があるような気がして(それに高額でもある)、今まではもう一つ手が出せないでいた。しかしこの年の正月、カラフトワシを見に鹿児島県の川内《せんだい》へ行ったとき、そして琵琶湖のオオワシを見に行ったとき、他の人のそれを覗《のぞ》かせてもらい、やはりスコープは必需品、としみじみ感じ入ったのだった。事前の取材でも、凍結した諏訪湖の沖合にいるオオワシを見るにはスコープがいる、との情報が入っていた。今回もまた運良く居合わせた誰かのスコープを覗かせてもらえるとは限らない。

一九九九年一月、諏訪湖で衰弱しているオオワシが保護された。四十九日間に及ぶ手厚い看護とリハビリテーションの末、放鳥され、以来毎年ロシアから諏訪湖へ渡ってくるという。今回はそのオオワシと、そのとき救助、保護にあたった方にお話を聞きに行く旅なのだった。私は一番軽いスコープともろもろの品、それに三脚を入手して、翌日早朝、上諏訪経由の特急に乗った。

車中、前日旅行の準備などであまり読めなかった川手さんの原稿を拝読した。

歴史の専門家らしく、正夫さんのことだけでなく、明治維新以降太平洋を渡って行ったそれぞれの時期の移民の事情が分かる内容で、知らなかったことが多く、大変勉強になった。それによると、初期の移住者たちは、移民、というよりもむしろ「出稼ぎ」という形を取ることが多かったようだ。少し稼いでは帰国する、という。薄給でもよく働く、という雇用者側にとっての美点は向こうの就労者にとっての脅威になる。軋轢《あつれき》を生む。そのうちアメリカ定住を目指す労働者も出てくる。アメリカ政府はそれを明らかに嫌がり、さまざまな方策を用いてそれが容易ならざるものになるようにする。が、二世、三世には当然アメリカの市民権が与えられ、彼らは生まれたときからアメリカ人として育つ。そういう状況の中で、真珠湾攻撃が起こり、日系人はほとんど着の身着のままで収容所に送られる。

山根さんのお話でもそれは伝わってきたが、このときの悲憤慷慨《ひふんこうがい》というのは、特に二世、三世のそれは、大変なものだったようだ。不当な取り扱いを受けた、という悔しさ悲しさだけではなく、短期間で罪のない市民がその全財産を失うように追い込み、その自由をも奪うという明らかな違法がまかり通っていること、そして、これは彼らの愛するアメリカ、自由と民主主義の国、アメリカのあるべき姿ではない、という信念からの憤《いきどお》りであり、自らの拠《よ》って立つところの基盤、アメリカ人としてのアイデンティティを根こそぎ奪われた憤りであった。

車窓からは次第に雪が見えてくる。山峡の村々を通過して、列車は甲府盆地に入る。今朝は都内も「この冬一番の寒さ」だった。盆地の外気はきっと、底冷えのする冷たさに違いない。原稿の束から手を放し、窓硝子《まどガラス》にそっと触ると、振動とともに外部から忍び込もうとする冷気を感じた。

板一枚打ちつけただけ、隙間《すきま》だらけのバラック建ての収容所の小屋は、冬季どんなに冷えただろう。山根さんも、「冬は寒くて寒くて」とまず冬の寒さを挙げられたのを覚えている。同じ「敵性外国人」でも、ドイツ人やイタリア人の収容所は日系人のそれとは比較にならない快適なものであった。日本人や日系人のための収容所はそのほとんどが「砂漠地帯」に作られ、ネイティヴ・アメリカンの居留地に近かった。そのため一部の収容所では両者の交流もあったそうである。川手さんはそのことを知り、数万年前にベーリング海を渡ってやってきたアジア出自の人々と、彼らと起源を同じくしながら朝鮮半島から日本へ、そして太平洋を通過して五十年ほど前からアメリカ大陸へ「渡り」始めた民族が、アメリカ政府から同じ砂漠を住まいとして与えられ、コミュニケーションを持ったということに感慨を持つ。

この収容所が正式に(?)あてがわれる前、ロサンジェルス近郊の人々が一時的に収容されたのは競馬場の厩舎《きゆうしや》だった。本物の馬小屋である。山根氏が強制収容所について、「急造のバラック建て、ひどいもんでした。まるで馬小屋ですよ」と言っていた、それは比喩《ひゆ》ではなく、彼は実際に本物の馬小屋を経由してそこに落ち着いたのだった。だから、馬小屋、という言葉があのときパッと口をついて出てきたのだろう。

収容所に収容された日系二世たちの中に、立場の違い（同じアメリカ生まれでも、一度日本で教育を受けた者、純粋にアメリカの教育で育った者、などの違い）からやがて対立が生じるようになる。問題を起こす分子を隔離するのを（事実上の）目的として、一九四三年二月、各収容所で一斉に「忠誠登録」が行われる。山根さんが特にこだわっていたのもこの「忠誠登録」だった。「ノーノーボーイ」というのは、単に説得に応じず、強く拒否をしたからついた名前だろうくらいに思っていたが、実は、このときの（特に）二つの質問に続けてノーを言ったことから付いたものらしい。第二十七問「あなたは合衆国軍隊に入隊し、命ぜられたいかなる戦闘地にも赴き、任務を遂行する意志がありますか」と、第二十八問「あなたはアメリカ合衆国に対し、無条件の忠誠を誓い、内外のいかなる武力による攻撃からも合衆国を忠実に守り、日本国天皇あるいは、他の国の政府や権力組織に対し、あらゆる形の忠誠や服従を拒否しますか」の二つの問いである。

「自由と平等」の国、アメリカを誇りとし自らをアメリカ人として疑うことのなかった二世たちには、この問い立ては屈辱以外の何物でもなかった。山根さんが激しく、「まるで子が親から裏切られたような気持だった」とおっしゃったその気持が、九年後の今、川手さんの資料を読んでいてもっとはっきりと伝わってきた。それは彼ら二世たち皆に共通する衝撃だったのだ。アメリカ市民である自分たちに、それを否定するとしか思えない、こういう家畜同然の扱いをしておきながら、今さらアメリカに忠誠を尽くす気があるか、というのはあまりにも馬鹿《ばか》にしている、という思いや、親戚《しんせき》家族がいる日本と戦うことはできない、という思いが複雑に交錯する。だがそれに対する行動は一様ではない。拒否を続けた者たちとは反対に、アメリカ政府に彼らの日系人に対する認識を改めさせるため、むしろ進んで戦場に赴き、誰よりも勇敢で国家に忠実な行動をとろうとした二世たちもいた。本当の戦いの相手は、どちらにしても、アメリカ政府だったというのである。そのどちらも、切ない選択である。戦争はさまざまな場面で、人に個人を引き裂くような選択を強いる。

途中まで読んだところで、列車は上諏訪駅に着いた。ホームに降りると、寒い地域特有の、あの小さな氷の粒が織り交ざっているような空気が顔に当たる。改札を出て、車を借りるため、レンタカーのコーナーへ行く。温かそうなサッシ戸の中には、受付の若い女性と初老の男性がいて、手慣れた様子で適当な車を一台、すぐに回してくれた。オオワシを見に来たんですけど、と言うと、それならここをこう行って、というアドバイスこそなかったが、諏訪湖に九年前から毎年同じオオワシが来る、ということはご存知のようだった。見たことはありますか、という問いかけには、首を横に振られたので、やはり岸辺近くとか低いところを旋回、というようなことはないらしい。

車の後部座席に荷物を置き、運転席に乗り込む。エンジンを入れ、ハンドルを動かし、おっと、と思う。いつもレンタカーを運転するときに最初に生じる違和感だ。道の途中から湖岸道路へと左折しないといけないのだが、なかなかうまくいかない。昔からの古い町らしく、道幅が狭く、左折するべき道をつい見落としてしまうのだ。とうとう湖岸通と合流するところまで走り、なんとか湖のほとりまで来た。横目でチラチラ凍結した湖の様子を見、オオワシを探しながら走るので後続の車は危なっかしくてしようがなかっただろう。途中、何度か湖側に現れる駐車場に車を入れては、双眼鏡だけ持って湖岸を歩き(それらしきものが見えたら車にスコープ一式を取りに帰るつもりで)、湖上を見渡すが、よく晴れ渡った冬の青空が雪と氷に照り映えるばかり、オオワシはいったいどこにいるのか。

それでも、岸辺近く、氷が溶けて池のようになっているところに、カルガモに混じりカンムリカイツブリを、そしてなんとミコアイサとホオジロガモも一羽ずつ見つけた。ミコアイサはその後、小グループを河口近くで見かけたが、やはり一羽だけでいる方が貴い感じがして、思わず「こんなところにおでましになっておられたのですか」と遠くから声をかけたくなる。何というか、ヒマラヤの雪男をロシアの貴婦人に仕立てたような、そんな異形性と高貴さを併せ持った、不思議な鳥である。皆さん遠いところをよくここまで、定住の管理人、カルガモ、苦労もありましょうが、皆さんをよくおもてなしして、と心の中でエールを送る。

自宅近くの池にも、季節性の渡りをするオナガガモ、キンクロハジロ等、やってくるが、それで、定住のカルガモがパニックを起こしたり追い出したり、ということはない。縄張り意識もないわけではなかろうが、どうせまた帰っていくものたちだから、という寛大さもあるのだろうか。

湖の端のほうまで行くと、また車でもう一度前の駐車場に戻り、さっきとは違う方向へ歩いてみる。すると湖上のずっと沖合に、小さな棘《とげ》のようなものがかすかに見える。双眼鏡で確認する。黒っぽい、三角錐《さんかくすい》のようなものが小さく見える。あんなところにゴミ袋を置くわけもなし、もしかしたら、と思って急いで車にスコープ一式を取りに帰る。

鹿児島県薩摩《さつま》川内市《せんだいいし》にも、（少なくとも）十六年連続、同じ場所に同じ個体のカラフトワシが渡り続けている。カラフトワシの繁殖地、越冬地ともに日本は完全に外れており、なぜ同じ個体が毎年同じ場所に渡り続けているのか分からない。薩摩川内市のその場所へ行ってみたが、確かに海に近く、大きな河口を持つ川もあり水田地帯もある。日本の懐《なつ》かしい里の風景で、とても心地よい場所であったけれど、国内には探せばまだ、あちこちにこういう場所が残っていそうな気もする。なぜ、毎年「ここ」なのか。冬の荒れる日本海を渡って。

この諏訪湖のオオワシの場合も、手厚い保護を受けたから毎年帰ってくる、というような紹介のされ方をすることもあるが、本当のところはよく分からない。少なくとももう二度とあそこには行きたくない、という経験は、このオオワシにも川内のカラフトワシにもなかったのだろう。

車からスコープ一式を運んでくる。昨日教えてもらった通りに三脚を立て、スコープを雲台にはめ込み、固定する。それから倍率を合わせる。合ったけれども、そしてどうもなにか大きな鳥（近くにカラスと思《おぼ》しき鳥が数羽いるのでその大きさから比して）らしいのだけれど、ぼんやりして見えない。しばらくあれこれして、ああ、そうだ、ピントはここで合わせるんだった、と、カバーの陰で見えなくなっていたピント合わせのダイヤルのカバーを外し、動かす。次の瞬間、黄色い嘴《くちばし》、黒い体に白いマフラーをかけたような肩線、それからまっすぐこちらを見つめている鋭い視線がレンズにくっきりと入る。目が合って、思わず息を呑《の》む。まちがいない。

オオワシだ。

註

カルガモ　カモ目カモ科　全長六十一センチほど　春頃に、雛《ひなづ》連れの姿が話題になるので有名。渡りはせず、一年中同じ場所で観察される。全体に茶色っぽい、地味な姿だが、カモ類には珍しく、雌雄がほとんど同色で（大抵のカモは雄の方が派手。オシドリの雌雄の違いは特に目立ち、到底同じ種には思えないほど）、見るたび、それでもちゃんと種は途絶えずにかわいい雛も生まれるのだという、感慨を新たにさせてくれる。だがよく見ると雄の方が若干色目が濃い。それなりに勝負のしどころがあるのかもしれない。

カンムリカイツブリ　カイツブリ目カイツブリ科　全長五十六センチほど　偶然だが、

この種もまた、前掲のカルガモと同じく、容姿に雌雄の差がほとんどない。冬場は長い首から顔にかけての白と、頭頂部や翼の灰色で清楚《せいそ》にまとまり、それほど目立つわけではないが、夏場はこれに赤褐色が加わり、「カンムリ」が際立《きわだ》つ。雛は、シマウマのように、縞《しま》の入った顔をしていて驚かされる。カルガモと違い、専《もっぱ》ら冬季に避寒に来る「渡り鳥」であったが、近年、あちこちで越夏し、繁殖する個体が見られるようになった。カイツブリの仲間らしく、くるりと潜水し、また、浮き巣をつくる。

ミコアイサ　カモ目カモ科　全長四十二センチほど　この種は、前二種と違い、雌雄の容姿が全く違う。雌は雄と共に群れの中にいて初めてミコアイサと同定できる（私の「実力」では）が、一羽だけで浮かんでいたら、あのインパクトのある雄のミコアイサの姿と結び付けて考えにくい。頭部が茶褐色で全体に地味、何にでもなれそうな気がする。容姿的自己主張を全《すべ》て雄に委《ゆだ》ねてしまうというのも、彼女達のＤＮＡが選んだ一つの生き方なのかもしれないが、ジェンダーのあり方について考えさせられる。雄は、その黒白の色彩、特に目の周りが黒いことから、パンダガモとも呼ばれるそうだが、そういうネーミングから喚起される、市民に愛される柔らかなイメージと、この鳥の持つ「異形性」は繋《つな》がらないように思う。

ホオジロガモ カモ目カモ科 全長四十五センチほど 頭部が大きく、しかも三角おにぎりのように頭頂部が出っ張っている。ユニークでユーモラス。雄はその頭部が暗緑色で光沢があり、黄色く丸い目と、名の通り頰の白斑《はくはん》がアクセントになっている。雌は頭部の形は同じだがその色は茶褐色、頰の白斑はない。色彩は違うが、スタイルは同じなので、雌雄色違いのペア、という感じがして、これは違和感がない。が、頰に白斑のない雌までホオジロガモと呼ばれるのはどうだろう。ホオジロガモ家、ということか。屋号なのか。

II

スコープの向こうのオオワシは、氷結した湖の上に立っている。強風に羽が少し、なびいているのが分かる。横を向いたり、斜め後ろを向いたりするが、立ったままそこを動こうとはしない。同じように立ってレンズをのぞいている私にも、強風が吹き付ける。目から下を覆《おお》うようにマフラーを顔半分に巻きつけているが、それでも寒い。そのとき、風の音ではない何か、ジ…ジジ…チロチロ…ジジ…というような音が聞こえた。辺りを見回すと、私が立っている湖の岸辺の数メートル先、氷結した部分が薄くなっているところがある。その薄氷のすぐ下を、湖に流れ込む川の水が潜り込んで、動いているのだ。その水が氷を動かす音なのだろう。まるで虫の音のようでしばらく聞き惚《ほ》れた。

しばらくそうやって、オオワシに見入ったり、その微《かす》かな音に聞き入ったりして時を過ごしたあと、車に戻った。そこから、諏訪湖の外れ、塩嶺《えんれい》に向かった。そこに塩嶺閣という、野鳥観察センターがあり、九年前このオオワシを保護した、塩嶺小鳥の森のコーディネイター、林正敏《はやしまさとし》さんがいるのだ。

幹線道路の雪はほとんど融《と》けていたが、車が峠を上り詰め、そこから脇道《わきみち》に入ると、風が残した吹き溜《だ》まりのような雪の塊に、ぶつかるようにして塩嶺閣までたどり着いた。

林さんと玄関であいさつを交わし、奥の部屋に入ると、そこには大きな一枚ガラスの窓があり、向こう側ではヤマガラやカワラヒワ、人相の悪いシメなどが、双眼鏡の必要もないほど間近で活動していた。思わず窓に釘付《くぎづ》けになる。林さんのお話を聞きながらも、窓の様子が気になる。次々、様々な鳥が出てくるのだ。窓の向こうで風がざっと吹き、大量の枯れ葉が舞い落ちているのだと思っていると、よく見ればそれはマヒワの群れが降り立つ様子だったりした。

塩嶺の正式名称は塩尻峠《しおじりとうげ》。昔から野鳥の多いところで鳥獣特別保護区にも指定されている。旧中山道にも近く、鳥にとっても人間にとっても交通の要所といえるところなのだろう。初夏の頃にはこの一帯を回りながら自然観察を行う小鳥バスも運行される。諏訪湖の北西すぐのところだ。

ついさっき、そのオオワシを見てきました、と報告すると、

――ほう、よく見つかりましたね。

――見えるポイントとか、いろいろ事前に教えていただいていたので。

一九九九年、一月四日、諏訪湖に流入する横河川の河口付近でワシが溺《おぼ》れていると、当時、長野県野生傷病鳥獣救護ボランティアをなさっていた林さんに電話連絡があった。まさかと思って特徴を聞くと、どうもオオワシらしい。実はその数年前から、諏訪湖に飛来するオオワシがいることに林さんは気付いており、今年こそ、じっくりと観察しようと心に決めていたところだった。オオワシは衰弱して湖に浮いていた。しかし捕らえようとすると頭を起こして威嚇《いかく》するので、なかなかうまく捕獲できない。岸辺に追い込んで、最後には林さんが自らのジャンパーを被《かぶ》せ、自分の車に運んだのだった。

――搬送中、一言、グルッと鳴いたので、そこからグルと名づけたんです。

動物病院で検査を受けた後は、専門家と連絡を取りながら自宅の一角で手厚く看護

にあたった。毎日五百グラム以上、ときには一キロを超える生魚等を、林さんは自腹を切って調達し、回復してくると様子を見ながら飛行訓練等、慎重に行った。そして四十九日後、ついに放鳥の日を迎えた。放されたグルは、近隣で低空飛行を続けた後、やがて高度を上げ、遥《はる》か尾根の向こうへ消えて行った。

それから毎年、グルは越冬のため諏訪湖へ帰ってくる。まるでグルが恩を感じて、というようなニュアンスで報道されたりするが、群れを作らず、繁殖期だけつがいで行動し、雛《ひな》が巣立ったらすぐにまた一羽に戻るオオワシの心理的メカニズムには、本来そういう特別な愛着をもつようなセッティングはないように思われる。が、本当のところは分からない。だいたい一個人からこんな献身的な看護を受けて、一命を取り留めたオオワシということからして、非常に稀有《けう》なことで、そういうことをされたオオワシの心情が、どんなものになっていくのか、または全く変わらないのか、誰にも分からない。

九年間、林さんは毎年冬になると、やってきたオオワシを遠くから確認している。むろん、向こうが近寄ってくるようなこともない。林さんのところには、このオオワシを撮った写真家からの写真が多く集まるが、ご自分では一枚も撮っていない。この距離感がいいなあ、と思った。

集まった写真を拝見していくうち、どの写真でも、悠々と一羽で飛翔《ひしょう》を続けている、そのことに次第に深く心打たれていく。群れをつくる鳥たちとは決定的に違う、DNAに刷り込まれた「孤独」が、オオワシのオオワシたる所以《ゆえん》なのだ。このオオワシも、衰弱して保護されるときには激しく抵抗し、そしてその後の検査では器質的な疾患もなく鉛も検出されず、ただ激しい体力の消耗が見られただけだった。おそらく、生まれ故郷から呑《の》まず食わずの旅を続けてきたのだろう。出発前、十分な栄養補給ができなかったのか。途中、体力を回復するための休養を何故《なぜ》取らなかったのか。

数少ないとはいえ、本州へ渡るオオワシもいる。琵琶湖の北岸にも毎年渡ってくるオオワシがいる。私は林さんに、行きずりのオオワシが諏訪湖に立ち寄る、といったことは今までありませんでしたか、と訊《き》いたが、ほとんどない、ということだった。ガン、カモ類は、あちこちで頻繁に休みを取りながら渡りを続ける。オオワシだって、そうしたらよかろうに……。

このグルの遭難時、何があったのかは結局誰にもわからないが、そこまでして渡りを断行し、一羽で飛び続けなければならない理由とは何なのか。生きものは皆、自分が自分たる所以のためなら、命をかけることまでするのだろう。それはたぶん、悲壮感あふれることでも何でもなく、生きものとしてプログラムされている内容に従っているだけのことなのだろう。

オオワシの外観的特徴の一つに、その強靭《きょうじん》で破壊力抜群と思われる、大きくて濃い黄色の嘴《くちばし》がある。

――これ、いかにも硬そうでしょ。

林さんは、はにかんだいたずらっ子のように写真の嘴を指した。

――でもね、ここんとこ、この根元に近い部分、ここだけは実はソフトゴムみたいに柔らかいんです。連れてきたばかりの頃、食べようとしないので強制給餌《きゅうじ》しているときに、発見したんです。

ちょっと、幸せそうだった。

帰りの特急で、川手さんの原稿の続きを読む。

「日系人強制収容所」について調べ始めた川手さんは、アメリカ兵として戦うことを拒否したノーノーボーイたちより以前に、戦争そのものを拒否した日系人たち、「勇気ある六十三人」(ライアン・ヨコタ氏の言葉)の存在があったことを知る。この六十三人について非常な興味を覚えているが、今は川手氏の父、正夫さんについての話にしぼろう。

没後、発見された日記などからわかったことだが、自由と民主主義を戦後の日本に根付かせたい、という理想を胸に抱いて、戦後交換船で帰国した正夫さんは、その言葉通り、新聞記者等、さまざまな職種に就きながら、民主主義を実践しようとする。が、壁にぶつかる。最後はシェル石油に勤務、労働運動家として活躍するが、途中で断念、後は定年まで勤めあげる。いつか自分のアメリカ市民権を回復するためにか、日本で選挙権を行使したことはなかった（「市民権回復」の大きな条件として、日本の政治にかかわらなかった、つまり、選挙を棄権することが必要だった。確かにこの後、正夫さんはアメリカ市民権を復活している）。そのこともあって、息子である川手氏は、父親が存命中は、彼の社会的な意識が高いと思ったことは一度もなかったそうだ。日系二世で若い時代をアメリカで過ごし、戦争中は収容所にいて戦後日本に戻ってきた、というくらいの認識だった。ただ、記憶の中の父親は、徹底的にアメリカ人であろうとした。戦後間もなく、アメリカのホームドラマに出てくるような住宅を建て、土足でリビングのソファに座る生活様式から、レモンパイやクリスマスのローストチキンを楽しみにする食生活まで、アメリカとはこういうものなのだということを、川手氏兄妹は小さいころから教え込まれた。そのせいか、川手氏は日本人として社会適応しにくいところがあると、ご自分をそう見ている。そして（彼曰《いわ》く）若い日にありがちな親への反発から、むしろアメリカ嫌いに成長した。父の日記等を読むうちに、彼が昔、まだ少年の川手氏に「日本人は労働運動ができない、労働者の権利について分かっていない」と、こぼしていたことを思い出す。

『日本人になる』ことによって、日本の戦後社会の民主化に貢献することが父の『志』であったはずである。戦後初のアメリカからの第一次送還船の中で、父が書いた『決意』はどこに行ってしまったのだろうか。いや、それくらいに、日本人と日本社会は父を『落胆』『失望』させてしまったのだろうか。このあたりの父の心境について知ることはできない。文章も残っていないし、母の言葉もない。ただ『日本人には、自由と民主主義はわからない』と私に言った、父の言葉だけが残っている。」

川手晴雄さんの原稿は後に単行本『私の父はノーノーボーイだった——日系人強制収容に抵抗した父の記録』（青山ライフ出版）として刊行された。

父・正夫さんはまた、ここまでアメリカ一辺倒に見えたのに、決してアメリカに帰ろうとしなかった。馴染《なじ》みの地を再訪しようともしなかった。それもまた謎《なぞ》の一つである、と川手氏は記している。

「理想のアメリカ」「自由と民主主義と平等の国、アメリカ」は、実は個々人の理想のなかにしか存在しないのだと、ある時期正夫さんは諦《あきら》めたのではないだろうか。そしてご自分のなかの「アメリカ」が強固なものになればなるほど、もう帰る必要もなくなったのではないだろうか。むしろ現実のアメリカは、正夫さんの理想のアメリカにとって邪道であったのではないか。理想のアメリカは、正夫さん自身の侵すべからざるアイデンティティと深くかかわっていたのだろう。現実のアメリカには戻らない、というのはそのアイデンティティを守るための手段の一つだったのかもしれない。

川手氏は、正夫さんの死後、その人間像を探るためのツールレイク収容所への旅で、結局若い頃から嫌い続けていたアメリカに対峙《たいじ》せざるを得なくなり、アメリカとは何かを、深く考えることになる。晩年の父親に対する彼の印象は、ガーデニング好きの好々爺《こうこうや》といったものだった。もうその父親像は修正を余儀なく迫られている。川手氏の「父親を探す旅」は、そのまま、自分を再構築しようとする旅でもあるのだろう。父親のアイデンティティとともに、自分自身のアイデンティティがかかっているのだ。

そして、それはノーノーボーイたち、先行する「勇気ある六十三人」が内なる闘いで賭《か》けたものと同じものを賭ける旅でもあった。自分が自分である所以、という。

それは、自ら選び取った道のようでありながら、けれど、本当は最初から選択の余地のない、「そうせざるをえなかった」、たったひとつの道だったのではないだろうか。オオワシがオオワシとして生きて行くことから（ときに魚をばらまく漁師の船に群がりながらも）逃げられないように。イソップ物語に、他の鳥の羽根で自らを飾って練り歩き、これが自分と開き直るが、結局羽根は一枚ずつ本来の持ち主に戻り、寄せ集めの自己が崩壊していくカラスの話がある。なまじ知恵があり、ゆとりがあると、かえって道を見失いがちになるのかもしれない。持てる知恵を全《すべ》て、渡りの方向を見定めるため、渡りの道行をしのぐために使わざるをえない状況は、不運と呼べるかもしれないが、少なくとも不幸なことではない。それを決めるのは当事者以外いない。

ノーノーボーイの一人だった山根さんは、川手正夫さんと同じ送還船で帰国した。

「——戦後、GHQの要請でマッカーサーに呼ばれたことがある。とにかく言葉が通じなくて困っている、君たちの力が必要だと言うんです。何を今更、と思いましたね。今更何を言っているんだと。自分たちはアメリカ政府から不忠者の烙印《らくいん》を押された人間だ、アメリカのために働くつもりは更々ない。しかし日本政府からの要請があったら話は別だ、と言いました。それで向こうは内務省を通して依頼してきた。それで仕方なく応じたのです。まず交通機関。各駅に英語のわかる人間を配置すること。それからアメリカの食事ですな。日本で洋食といったらフランス料理だが、彼らは——アメリカの軍人はそんなものは食わんのです。たまたま僕はハイスクール時代、レストランでアルバイトをしていたこともあって、逗子《ずし》、鎌倉をベースにしてコックに料理を教える組織を作った。それから日本の温泉が傷病兵にとてもいいので、各地の温泉旅館を接収して——旅館にとってもかなりの好条件でですよ——傷病兵の保養所にした。

——アメリカの傷病兵のですね。

——そう、連合軍の傷病兵のです。北は仙台から南は長崎、佐世保まで。あのころは飛び回っていたなあ。そういうことが数年続きました。それからいろんなことがあって……もう七十九にもなりましたよ。

彼の話は以前NHKでとりあげられたらしい。だが私は寡聞《かぶん》にしてそのことを知らなかった。

——何年か前にね、僕の出たハイスクールで、僕に卒業証書をくれるというんで、アメリカに渡ったんですよ。当時の陸上コーチやクラスメートが集まってくれてねえ。

みんなで抱き合って……。それがニュースになって全米に流れたんですよ。

彼は嬉《うれ》しそうに目を輝かせて語った。私も嬉しくなる。

――まあ……。すぐに皆さん、誰が誰だかお分かりになりましたか。

彼は大きく子どものように首を縦に振って、

――わかるんだ、それがわかるんです。嬉しかったなあ……。

――何年前ですか。

――……七年かな。そう、七年、七年前のことです。

彼はそこで少し言葉を切って、

――それでようやく、自分にとってこの戦争が終わったと思いました。気持ちの整理がつきました。僕はやっと、もういい、と思えた。

私は胸を打たれた。彼はそれから表情は変えないまま絶句した。

電車は海を渡っていた。

それからまもなく関空に着くまで私は何もいえず、最後に名前だけ教えてもらい、礼を言って別れた。」(『春になったら苺を摘みに』より)

「存在」は移動し、変化していく。生きることは時空の移動であり、それは変容を意味する。それが「渡り」の本質なのだろう。ノーノーボーイたちも、オオワシも、私も。生きものはみな、それを生き抜かなければならない。その道行が、ときにどんなに不器用で、本人自身、当惑するような姿をして現れてこようと。

註

ヤマガラ　スズメ目シジュウカラ科　全長十四センチほど　以前は町中にも現れるシジュウカラやエナガ等と違い、ある程度山深いところでないと見られなかった。が、近年、都会の中の「森」にも出没すると聞いた。機会があれば人によく慣れ、器用で、昔飼われて芸すらするようになった例があるのはこの鳥である。カラ類の中では唯一《ゆいいつ》、カラフルな赤茶色を胸から腹にかけて纏《まと》っている。会えるとうれしい。

シメ　スズメ目アトリ科　全長十九センチほど　本州以南で冬鳥。ずんぐりむっくりという形態と、木の実を啄《ついば》む太くて短い嘴はイカルとよく似ているが、その嘴を取り囲むような黒いアイマスクと、それに続く顎髭様《あごひげよう》の黒斑が、なんとも険悪な御面相。だが、慣れると味わいがある。そういう見る側の心理的メカニズムは、シベリアン・ハスキーが人気を博してきた過程と似ているかもしれない。

マヒワ　スズメ目アトリ科　全長十二センチほど　スズメより一回り小さい。にもかかわらず、ユーラシア大陸北東部から日本海を渡ってやってくる。マヒワという語感がぴったりの、色合いと印象。よく、陽のあたる木立で、ビュウィーン、チュウィーンと賑《にぎ》やかに鳴き交わす群れを見かける。陽光の降り注ぐ冬の林の中で、この群れに出会うと、全体に黄緑がかった黄色の、ふわふわしたぼんぼんが、天から尽きることなく降ってくるような、祝福されているかのような喜びである。

案内するもの

I

機内にはすでに、沿海州の空気が漂っていた。欧米に向かう便でよく見かけるような、スーツ姿にアタッシュケースといった、いかにもビジネスマン風の人たちはほとんど見当たらず、日本人の登山家とおぼしきグループや研究者たち、どうも「わけあり」そうな人たち、それからロシア出身らしき人々もまた、何やらいっぱい入っている大袋や段ボール、引きずるようなバッグをもって、出稼ぎの途中で「藪入《やぶい》り」をもらった、という風情《ふぜい》、海外渡航という言葉の持つある種の華やかさとはまるで無縁の、少し寂しげな、けれど虚飾のない気持ちよさといったものが混じり合う、不思議な空気感だった。「なんだかんだいっても、懐《なつ》かしの故郷」といった、諦《あきら》めを含んだ嬉《うれ》しさのようなものも。

飛行機は離陸に向けて向きを変えるため、バックするのだが、窓から見ていると、ロシア人っぽい係員の小父《おじ》さんが、飛行機の脇腹《わきばら》に取り付けられたロープを、まるで犬でも散歩させるかのようにのんびりと牽《ひ》きながら、少しずつ移動していた（もちろん、彼が飛行機を「牽いて」いたはずはないのだが……）。

けれどとうとう飛行機は、気だるい夏の午後、関西国際空港をウラジオストックに向けて飛び発《た》った。その日、天気図では本州に前線がかかっており、行く先のウラジオストック周辺には低気圧が居座っているという不安定な大気の状況だったせいか、眼下には層積雲が連なり、更に行くとあちこちに積雲がもこもこと発生し、またその合間を無数の長い手を伸ばしたような片積雲が絡《から》み合い、レンズ雲のようななめらかさをもったものもあり、羊雲《ひつじぐも》が現れ、飛行機はやがて絹雲《けんうん》の高度へと上昇する。上空では、まるでめまぐるしく移り変わる雲の展示会を見ているような、微妙で断固とした大気の織りなす豪華な気象絵巻が繰り広げられていた。瞬《まばた》くことも忘れて見つめる。飛行機が安定航行に入るまで、食い入るように窓の向こうを凝視していた。日本海上空へ。この空を、カシラダカやジョウビタキなどの小さい鳥たちもまた行き来している。そのうちの一羽が、シベリアから、毎年私の庭へと来ていたのだ。

雲の絨毯《じゆうたん》を遥《はる》かに見下ろす時間がしばらく経《た》ち、やがて飛行機は降下を始め、厚い層雲を突き抜けると、そこには針葉樹と広葉樹が入り混じるウスリータイガの森林が、広々と続いていた。低空飛行に入り、窓枠の水色に特徴のあるロシアの民家の家々や農家の庭までが目に入ってくる。

大阪から、わずかに二時間である。

殺風景で簡素な空港には、予定通りカーチャという日本語通訳の若い女性が待っていてくれた。小柄で、黒い瞳《ひとみ》と黒髪の、なんだか童話に出てきそうなロシアのお嬢さんだった。はにかんだ笑顔がかわいらしく、母語ではない言語をしゃべっている人の、頭の中で言葉が変換されて唇から出てくる、だからひと手間かかっている、といった丁寧さに好感が持たれた。

今回私は、日本からカムチャツカへ帰った営巣《えいそう》中のオオワシに（それとほかの鳥たちにも）会いたくてこの旅に出たのだった。日程の都合上、ウラジオストックでトランジットしなければならなくなった。それならば、と数日をこの辺り、沿海州で過ごすことにしたのだった。

空港からウラジオストックの町まで、車は丈の低い森の中を貫く、地方に向かう幹線道路と思われる道を走り抜ける。反対側の車線は、ひどく渋滞している。

——週末を、夏の家で過ごそうという人たちです。

カーチャが教えてくれる。圧倒的に多い日本車。もう夜九時を回ろうとしているのに外はまだまだ明るい。日本との時差は二時間で、こちらの方が進んでいるとはいっても。

車はやがて市街地へ入り、坂の上からちらちらと港や海が見えてくる。

——坂の多い町です。函館に似ています。

カーチャは函館の極東大学分校に留学していたことがあるのだ。

その夜から泊まったホテルは、偶然読んでいた本に出てきたホテルだった。旅のコーディネイトをしてくれた旅行社のサジェスチョンを、何も考えずに承諾して、あとで気づいたのだった。

その本のタイトルは、『おれ　にんげんたち——デルスー・ウザラーはどこに』(ナカニシヤ出版)という。

著者の岡本武司さんは二〇〇〇年に新聞社を退社後すぐ、ハバロフスクやウラジオストックでロシア語を勉強しながら、魅《ひ》かれていたデルスー・ウザラーについて調べ続けた。二〇〇二年五月に体調を崩され、日本に帰国後、二ヶ月足らずで亡《な》くなられた。思いは察するに余りある。同僚の方々が彼の遺志を継ぎ、本は出版された。

ホテルの数百メートル先に、アルセニエフ博物館がある。デルスー・ウザラーは、この博物館の名にもなった探検家、ウラジーミル・クラウディエビッチ・アルセニエフの案内人であった。アルセニエフの著書『ウスリー紀行』(日本語訳『シベリアの密林を行く』)や『デルス・ウザラ』と、ウラジオストックのアムール地方調査協会に保存されているアルセニエフの「探検日誌」(岡本さん自身が足を運び、読み込んだ。彼によると「ごく一部を除いて印刷されたことがなく、付属読書室で現物を読むしかない」)に書かれたデルスー・ウザラーは微妙に違った。デルスー・ウザラーはアルセニエフの創作なのか。岡本さんの「探索」は続き、「案内人デルスー・ウザラーはいた」という結論に至る。

翌朝、カーチャの案内で、ウスリスク市郊外の、ウスリスキ自然保護区域へ向かう。しっかりした体格に温和な顔の運転手、ワシムさんの運転で、車は飛ぶように北へ向けて走り、数時間の後、やがて森の中に入っていく。途中、村に差し掛かり、ロシアの農家、農家の庭、庭から出てきた、埃《ほこり》っぽい大きめの服を着た、美しい日と赤い頬をした子どもたち、そういう風景を窓の外に見ながら、二股《ふたまた》に分かれた道のどっちかを選びつつ、村の中心を離れた森の中の、小さな博物館の庭に着く。

　建物自体は二階建ての、やはり窓枠に水色のペンキと装飾が施してある、村の小さな分校という印象の建物だ。前庭には、子どもたちが観察のために何か植えた小学校の花壇、というような、キンセンカの類《たぐい》の質素で丈夫な花が植えられている花壇があった。日本で今はやりの「ガーデニング」とは縁遠く、素朴で、とても懐かしい。車から降りたワシムさんは、深呼吸をして、それから煙草《たばこ》を取り出す。周りの木立には、どうもいつもとは違う、といった不審げな様子のニワトリの一団が、コッコッコッコと、遠目でこちらを窺《うかが》っていた。写真が撮りたくて思わず近づくと、大急ぎで木立のほうへ逃げてしまう。ちょっと追いかける。また逃げる。藪の中に駆け込む。

　そうこうしているうちに、建物の奥から、カーチャとよく似たはにかんだ笑顔の、澄んだ青い眼をした、でももっとがっしりとした体格の若い女性が出てくる。名前はスヴェータ。彼女が中を案内してくれるらしい。カーチャは、そこを「小さな展示室」と呼んでいた。なるほど博物館というより、十畳ほどの広さの部屋に、主に剝製《はくせい》などが所狭しと置かれている「展示室」だった。小中学校の理科の準備室のようでもある。

中に入ると埃とカビの匂《にお》いがかすかにしたが、異界に入るに従って伴われる空気変動といった程度の変化で、大したことはない。それよりも素朴で実直なその展示のあり方と充実した内容に心ひかれた。入ってすぐに、威風堂々たる「カムチャツカのイヌワシ」の剝製。エゾリス、シマリス、マンシュウハリネズミ、ジャコウジカ、ノロジカ、アカシカ、オオヤマネコ、アムールトラ、クマ、等々哺乳類《ほにゅうるい》六十二種、カエル等両生類六種、爬虫類《はちゅうるい》六種、ツクシガモ、ホオジロガモ、トモエガモ等鳥類百七十三種が、この保護区域で確認されている。草花、キノコ、冬虫夏草等も展示されていて、小さいスペースながら見応《みごた》えがあった。ジャコウジカのオスには角がないかわりに牙《きば》が生えている。牙のあるシカ、なのだ。それを剝製で確認できたのも面白かった。

室内をぐるりと見て回ると、スヴェータがウィンドブレーカーを着たり、ゴムでブロンドの髪をまとめたりし始めた。予定にはなかったことなのだが、彼女がウスリーの森を案内してくれるのだそうだ。私は彼女とここで別れるつもりだったので、彼女が私たちについてきてくれるために外出の準備をしてくれているのだとは気付かずに、別れのあいさつをしたら、いや、彼女も行きます、とカーチャが何気なく言う。あら、そうなの、嬉しい、と思わずそう応える。だんだんピクニック気分になる。

車はそこからさらにウスリーの森の奥地へと向かう。もう村など出てこない。村どころか、道すら消え失《う》せそうになる。道が舗装されていないのは、ウラジオストック市郊外を過ぎたあたりから当たり前になってきていたが、ここに至っては道自体にすさまじい亀裂《きれつ》が入っており、大雨の際、この道が川と化したことを物語っていた。ワシムさんは巧みにハンドルをさばいて大きな亀裂を避《よ》けてはいたが、そのうち避けきれなくなる。大きな水たまりの中を泳ぐようにして渡らなければならなかったり、体は上下左右斜めと、不規則に揺すられるし、なんというか、とてもワイルドなのだった。

かれこれ小一時間ほど揺すられていただろうか、人家とも事務所ともつかない簡易小屋が見えてきて、車はその前で停まった。あまり愛想の良くない五十年配の男性が、ニコリともせず立っている。ロシア語のわからない私を置いて、車から降りた三人が、何やら彼に話しかける。小屋の敷地には、青と黄色に塗られた箱が幾つも並んでいる。養蜂《ようほうよう》用らしい。さあ、行きましょう、と、振り返ったカーチャに声をかけられ、その簡易小屋の横を通って奥へと続く小道へ入った。一応、ズドラーストヴィチェ、こんにちは、とその男性に声をかけたが、すぐ目を伏せられた。それでも口の中で、何かもごもごと呟《つぶや》いているようだった。

森に入るのは久しぶりです、とカーチャが言った。私は村で育ったので、小さい頃はベリーを摘みに行ったり、キノコやナッツを採りに行ったり、森には毎日のように出かけていました。

両側から灌木《かんぼく》の茂みや木々の下草が押し寄せる。細いけもの道のような小道を、体格のいいスヴェータが先頭を切ってわっしわっしと、左右から差し掛かる枝や葉を振り切って行く。途中、立ち止まって木々の説明をしてくれるのだが、いかんせん、去年まで学生だったカーチャには、なかなか専門用語の通訳までは難しく、このときのために持ってきてくれた自然観察用と思《おぼ》しき露日辞書も、とても簡単なものだったので、あまり役に立たなかった。例えばスヴェータが一つ一つ、長々と時間を取ってロシア語で説明してくれても、これは、モミです、の一言。トドマツを指してそう言う。トドマツはモミ属だから、それは正しい、と私は重々しくうなずく。これはホボーシユ。イノシシがよく食べます。そうか、トクサのことを、ロシア語でホボーシユと言うのか、イノシシが好むのか、と嬉しくなり、道々、ホボーシユ、ホボーシユ、と呟いて覚えてしまった。トクサは水辺に多く、頭を落とした細いアスパラガスが密生しているように生えている。日本でもよく見かける。トクサと呼ぶより、ホボーシユと呼ぶほうがおいしそうだ。これはマンジュルノ、胡桃《くるみ》です。そうか、マンジュルノと言うのか、マンジュルノ、マンジュルノ。それもおいしそう。ここまではよかったのだが、森の奥から通奏低音のように聞こえてくる、ボボ、ボボ、という声に、あれは何の鳥？　と軽く訊《き》いたのが面白いことになってしまった。実はこれはツツドリ。知識としては知っていたのだが、そのとき思い出せずについ訊いてしまったのだ。

カーチャはスヴェータに私の疑問を伝え、何やら回答を得、そして、鳴かないウグイスって言ってます、と答える。その返答があまりに意外で突拍子もなく、そしてちょっと詩的でもあったので、つい、え？　鳴かないウグイス？　と聞き返す声が大きくなってしまった。カーチャはもう一度考えを巡らし、辞書を引き、スヴェータと相談し、今度は、カッコウです、と自信満々に答える。思わず、カッコウじゃないよ、と反射的に返すと、カーチャは——これも反射的に——だって（スヴェータが）カッコウって言ったもん、と唇を尖《とが》らすようにし、それがとてもかわいらしかったので思わず噴き出した。ツツドリはカッコウ目カッコウ科の鳥なので、「鳴かないウグイス」よりは遥かに正解に近づいていたのだが、その声のイメージと違い過ぎていたので、私も思わず叫ぶように否定してしまったのだ。だが、あの簡易辞書でここまで正解に近づいたことは、本当はすごいことだった。

エゾマツ、トドマツ、チョウセンゴヨウなど針葉樹の他、シラカバ、ハルニレ、シナノキ、オオバヤナギなどの広葉樹で森は明るい。足元には花を落とした後の、文字通りツルが両羽を広げた形のマイヅルソウの葉もある。あちこちに小川と呼ぶ程度の水の流れがあり、ミズゴケが岩を覆《おお》う。草の下からもせせらぎが聞こえる。森の気配が、呼吸を楽にし、皮膚から体内に忍び入る。

こういう森を、デルスー・ウザラーは猟師として歩きつくし、敬し、愛した。『デルスー・ウザラー』や『ウスリー紀行』中では、アルセニエフたちの野営中、怪しい物音に気付いた隊員の一人がクマが来たものと思って撃とうとしたとき、暗がりから、「うつ いかんぞ。オレ にんげん」と言ってデルスーが出てくる。これが最初の出会いの場面として描かれている。それから彼に食事を与え、彼から猟の話やトラの話などを聞く。

「翌日、このナナイ人は一行の先頭に立って歩いた。地形は複雑だった。デルスーは、絶え間なく足元の地面を観察していた。時にはかがんで草を掻《か》き分けた。そして立ち止まり語った。

これは人だけが通れる道で、それに沿ってクロテン捕りの罠《わな》があり、二、三日前に一人が通ったが、その者は絶対間違いなく中国人である——と。兵士たちは、この断定にびっくりするのみで信用しない。デルスーは苛立《いらだ》って叫ぶ。

『お前たち　なんで　これ分からん。自分で見ろ』

行進はこの判断の通りに展開する。馬は道を通れず遠回りした。二時間ほどで一行は小屋に辿《たど》り着いた。調べてみると、残された布から、一人の中国人が二、三日前にここで夜を明かしたことが分かった。」（『おれ　にんげんたち――デルスー・ウザラーはどこに』岡本武司・ナカニシヤ出版）

一行は小屋に一泊し、翌朝目覚めた隊長、アルセニエフは、デルスーが薪《まき》を割り、シラカバの皮を集めているのを見る。

「『この男は小屋を焼こうとしている』と私は思って、やめさせようとした。だが彼は答えず、一つまみの塩と一握りの米を求めた。彼がそれをどうするのか、私は興味をそそられ、その通りにやるように命じた。ゴリド人（筆者註――ナナイ人・デルスーのこと）はマッチを白樺《しらかば》の皮で丁寧にくるんだ。塩と米も別々に白樺の皮で包み、小屋の中に吊《つ》るした。次に彼は小屋の外側の樹皮を手直しして、自分の身支度に取りかかった。

『つまり君はここへ戻るつもりなんだな』と私は彼に尋ねた。ゴリド人は首を振って否定した。そこで『だれのために米、塩、マッチを置いていくのか』と私は尋ねた。デルスーは答えた。

『だれか　ひと　ここ　来る。小屋みつける。かわいたたきぎ　みつける。マッチみつける。くいものみつける。死ぬことない』

このできごとにひどくびっくりした事を、私は今も思い出す。私は考え込んだ。このゴリド人は、見知らぬもの、これからも会うことのない者に気を配っている。その者が自分のために薪や食料を用意しておいてくれるかどうか、分からないのに……である。兵士たちが野営地を立ち去る時、いつも屋根の樹皮を焚《た》き火用《びよう》に燃やしてしまったことを、私は考えた。彼らは悪意ではなく、いたずら気分からそうしたのであり、私は、それを止めなかった。ところがこの野生の男は、私よりはるかに高い人間愛のある人だった。」（同）

アルセニエフは、それからも幾多の危機をデルスーによって助けられ、この男は信用できる、この男と一緒なら死ぬことはない。デルスーは何をなすべきかを知っている、という絶対的な信頼を、この案内人に寄せるようになる。

小道を、跨《また》ぐには少し幅がありすぎる流れが横切っている。間に点々と置かれた石の上にはミズゴケが生えている。そちらに足を置くとかえって滑りそうだ。私は（長靴を履いていたので）勇んで足を入れる。ゴムを通して水の冷たさが感じられる。スニーカーを履いているカーチャの足も水に濡《ぬ》れたが、彼女はいっこうに意に介す気配もない。枝を払いのけつつさらに行くと、小道を十五センチ幅ほどの浅く掘られた何かの「跡」が横切っている。スヴェータが何かカーチャに言い、カーチャが、その「跡」を指して、モグラです、とシンプルに私に言った。モグラなら、土は盛り上がるだろう。カーチャがモグラというからには、トガリネズミ、ヒミズ、その辺りの食虫目だろうけれど（この件については帰国してから、同じように「モグラもどき」に興味を持つ友人と熱心に語り合ったが、結局結論は出なかった。「モグラのトンネルは簡単に『陥没』はしないだろうが、地面の表層から積もった落ち葉の間に道をつくりたがるヒミズなら、あるいは『地盤が軟らかくて沈んだ』ということもあるかもしれない。けれどそれにしては大きい」「トガリネズミは論外。一番小さいものなら雪の上でも足跡が付かないぐらいだし」……等々。いつか解きたい謎《なぞ》の一つになった）、何だろうと、頭の中がクエスチョンマークでいっぱいになっているところへ、「カシノキです」。カシ？　カシは生えないだろう、タイガでは。そう思いつつ目をやると、見たところはミズナラのようだったが、ミズナラもカシの仲間も、ドングリをつける。スヴェータが言ったロシア語を、そのまま辞書で引いてもそういう細かい木の種類は出てこないので、森で育った娘、カーチャは一生懸命考えて「ドングリの木」という辞書の引き方をしたのかもしれない。

またしばらく行くと、スヴェータが、倒れたチョウセンゴヨウの木の前で、一生懸命しゃべってくれる。きっと、この木が昔、ウスリスクの町を囲まんばかりにして繁栄していたこと、乱伐によって激減したこと、この巨大な松毬《まつかさ》から取れる実が、いわゆる松の実、人間から動物までその豊富な栄養で身を養われていること、等をしゃべっているのだろうなあ、と思いつつ、ほほを紅潮させながら訥々《とつとつ》と（ロシア語で）説明してくれる誠実な顔を見ていた。ようやくスヴェータがひと息つくと、カーチャは彼女の言ったことを全部まとめて、「マツです」と、一言。うん、まちがってはいない。スヴェータはチョウセンゴヨウ松の葉を手に取って、それを見つめながら説明を続ける。カーチャも同じように葉を採って、「この松の木の葉は四本あります」。四本が束になっているというのだ。あれ？　そうだっけ？　と、私は疑り深い主婦のように別の葉を採って数える。「五本あります」。そのはずなのだ。なぜなら、朝鮮五葉松、なのだから。「あれ？・」とカーチャは戸惑う。それから、「そういうものもあります、四本か、五本」。そう小さな声で、もそもそと呟きながら先へ進む。

スヴェータの植物の「説明」は、民間伝承的なものも多く、オオイタドリに似た植物の葉を一枚採り、頭の上に載せ、私たちは、頭痛がするとき、この葉をこんな風に載せます、と言う。カーチャも真面目《まじめ》な顔で通訳していたので、冗談ではなく、本当にそうなのだろう。そういう話がもっと聞きたかった気がする。

アムールトラ（この辺りにはほとんど来ないそうだが）やオオヤマネコが忍び足で歩く森。ジャコウジカやアカシカが葉を食べ水を飲む森。デルスーたち森の人が足早に行き来した森。一人だったら絶対に迷っていただろう。私はこうやってスヴェータに案内され、何の危険も感じることなく、森を味わい、また引き返して行ったのだが、何に出会うかわからない、何とすれ違うかわからない「森」で生きるというのは、都会を生き抜くのとはまた違う緊張感を強いられるものだろう。物音や気配、匂《にお》い、風の動き。少しでも情報をキャッチするのが遅れれば、命を落とす危険のある場所。いやがうえに五感は研ぎ澄まされていく。

車の停めてある場所まで戻ると、無愛想だった監視員らしき男性も、今度はこちらと視線を合わせてうなずいてくれた。スパスイーバ（ありがとう）と、私も笑顔で小さく呟くと、まるで自分が森に挨拶《あいさつ》をしたような気がした。

それからまた小一時間を、再び前後左右上下に激しく揺られながら、「森の小さな展示室」へ帰る。スヴェータとはここでお別れだ。ニワトリもいるし、ここに住み込みなのかと思ってそう訊くと（もちろんカーチャを介して）、近くの村から通っているのだという。スヴェータの、ずる賢そうなところの微塵《みじん》もない澄んだ青い眼は、質実なロシアの農家の娘さん、という出自の持つイメージを裏切らないものだった。

彼女たちが館内で何か引き継ぎのようなことをしている（と思っていた）間、私はまたニワトリを目で追い、私に「目で追われている」ことを察知したニワトリたちは藪《やぶ》の方へ駆け込んだ。以前デルスー・ウザラーとは関係なく読んだ、沿海州の森を舞台にした作品に、この地方の農家で飼われているニワトリは餌《えさ》が与えられないので自力で辺りを「ほじくり返」さなければならず、森のほうにまで餌の探索に出かけることもあると書いてあったのを思い出した。ときに猟師から藪の中でキジと間違われ、またキジと同程度には飛ぶのだそうである。

木立の中でキノコのフェアリー・リング（妖精《ようせい》の輪。キノコが輪状に発生する様子）を見つけ、ワシムさんと感嘆していると、カーチャとスヴェータが館内から出てきて、ダニ、何匹か見つけました、という。ダニ？　と訊くと、ええ、森では多いので、服を脱ぎながらお互いに見つけ合いました、という。つい、「グルーミング」という言葉を思い出して愉快になった。じゃあ、と自分の体も見てみたが見つからなかった。だいじょうぶです、先頭を歩いていたスヴェータがまずダニを引き受け、残りは私が引き受けたから、とカーチャが心配しないように言う（だが、あとから知ったところによると、これは脳炎を引き起こす可能性のあるけっこう危険なダニなのだった）。カーチャもスヴェータも、小さい頃から森へ行くということと、ダニに警戒するということは、自然にセットになっているのだろう。

スヴェータに別れを言い、また車に乗り込む。

昼食をウスリスクの町でとり、せっかくだから、市街地を見ていこうということになる。ウスリスクは人口十六万人ほどの小都市。目当てのレストランに行くのに、ワシムさんは何度も車を停めて人に道を訊かなければならなかった。村にただ一軒の……という規模では、もうないのだ。昼食後、「ウスリスクはここから始まった」という、一画に案内される。その昔、タイガの真っ只中《ただなか》で開拓を始めた八人は、まずこの道から拓《ひら》いた。そう言われなければ分からないが、なるほど市内の他の場所より、格調に似たものがあった気がする。日本の多くの町のように、昔からそこにあるのではなく、「始まり」がはっきりしているのだ。町が出来、人が移り住む。

今日は日曜日なので、子ども連れやカップルも多い。あちこちで結婚式も見かけた。車通りもある街にもかかわらず、空気の透明感は保たれていた。通りを渡ろうとすると、何か黒い礫《つぶて》のようなものが、すごいスピードで視界の上方を横切った。思わず空を見上げる。ずっと曇り空が続いていたのに、ここにきて本当に青く晴れ渡った空だ。日本で普通にみるツバメより一回り大きなアマツバメが、縦横無尽に広い街路の空を飛び回っていた。南方から渡ってきて、子育てを終えたか子育ての真っ最中の時期だろう。あの必死さは、まだ餌を待つ子どもが巣にいるのかもしれない。

帰りは長いドライヴだった。対向車のほとんどが日本の中古車で、中には○○運送と書かれているトラックなど、日本語が車体に残っているものも数多くあった。元の持ち主は、まさか手放した自分の車が、海を渡って活躍しているとは思いもしていないだろう。

結局ホテルに帰りついたのは、予定を数時間オーヴァーした時刻だった。

二〇〇二年、岡本武司さんはこのホテルで、当時九十歳の戸泉米子さんにインタビューしている。戸泉さんはアルセニエフが亡《な》くなる九年前、まだ神戸にいた小学生の頃、ロシア人と結婚し一時帰国した伯母に連れられてウラジオストックに渡り、極東大学に進学、浦潮本願寺で布教活動する僧侶と結婚、一九三六年、日独防共協定が成立して日本人に対しての締め付けが厳しくなるころまで当地に滞在していた。

岡本さんがインタビューした内容は当時のスターリンの弾圧のすさまじさで、インタビューの趣旨はそれを実際に体験した人の声を聞くことであった。なぜこの本にそれが必要であったか。

一九一七年のロシア革命直後は、ロシア全土が無政府状態となり強盗や殺人が横行した。アルセニエフは一九一八年の元日の日記にこう書いている。

「この『一兵卒どもの時代』が、彼らの全《すべ》ての残酷な仕打ちや暴力と共に、一刻も早く終わってくれないものか。」

だがこう祈った年の十一月、ウクライナに住んでいたアルセニエフの両親、弟夫妻、妹二人、六人が強盗団に惨殺《ざんさつ》される。元ロシア帝国陸軍中佐のアルセニエフは、かろうじて極東人民ソビエトの下で働き続ける。翌年離婚、再婚もするが、社会情勢は予断を許さない。一九三〇年、アルセニエフは肺炎で亡くなるが、このとき亡くなって、むしろ良かった、と岡本さんは考える。数年後、「夫が作り指導する反革命組織に加わり、スパイ活動をした」という理由で妻が逮捕される。自白しないと娘を年少犯罪者の収容所に送ると言われ、いったんは当局に屈し、釈放されるものの再逮捕。アルセニエフが以前、旧信徒（教会の儀礼簡素化に反対して山に隠れ住んだ人々）に、救急箱のナイフを与えたことがあり、それが「武器を与え、彼らに反乱をそそのかした」証拠とされたのだ。彼女は夫の仕事に誇りと尊敬の念を持っていた。今度は容疑を認めなかった。直ちに銃殺。危険を承知でアルセニエフの原稿を預かっていた兄も、同じ運命を辿る。

翌日、ウラジオストック駅を案内してもらう。シベリア鉄道の始発駅で終着駅である。駅舎は淡い色彩の、一見欧州の建物のようで、細部にさまざまなレリーフが施されていた。

かつてここに、「人民の敵」と見なされた「働き者の農民たち」が、オホーツク方面へ船で運ばれるため、手荷物だけを持たされて延々シベリア鉄道を揺られ、到着した。長い間貨車に詰め込まれていた彼らは、海から吹く風に息をついた。

カーチャもここからモスクワへ、一週間かけてシベリア鉄道でユーラシア大陸を横断したことがあるそうだ。

——途中のどの駅舎よりも、私はこのウラジオストック駅がきれいと思いました。

駅の裏側は港になっている。案内されて港の側へ出ると、折から日本海を渡ってきたフェリーが、中古車を山積みにして着岸したところであった。

※

この原稿が雑誌に発表された後、『おれ にんげんたち――デルスー・ウザラーはどこに』の著者、岡本武司氏の夫人、一子さんからご連絡をいただいた。私が「岡本さんが（九十歳の戸泉米子さんに）インタビューした内容は当時のスターリンの弾圧のすさまじさで、インタビューの趣旨はそれを実際に体験した人の声を聞くことであった。なぜこの本にそれが必要であったか」と書いたことに言及されていた。私はアルセニエフの死後、その家族を襲った運命の苛酷《かこく》さをより実感を持った言葉で伝える（必要の）ため、と推測したのだが、一子さんは岡本氏が、「戸泉米子さんは、学生時代アルセニエフの講義を受けている」と、洩《も》らされたのを覚えていらっしゃった。岡本氏の死後、ロシアに渡ったとき、その事実をもう一度確認された一子さんは、「夫に、もう少し書く時間が与えられたなら、アルセニエフと戸泉さんの接点を書き加えたことだろう」と、ご自身の著書『白鳥の歌――逝《ゆ》きし夫へ』に記されている。

II

ウラジオストック空港には、滑走路は（たぶん）一つしかない。二日前に大阪から着いたときも、車輪が着地した瞬間から、肩で息するようなその（日本海を全力で渡ってきた）激しいエンジンの勢いを必死でなだめつつ、機体は滑走路の端まで走り続け、（滑走路が終る）ギリギリでようやく一旦《いったん》停止すると、ゆっくり息を整え、Uターンして向きを変え、足元を見つめて歩きながら自分を落ち着かせる必要がある人のように（滑走路中ほどにある）垣根が途切れて脇道《わきみち》が出現する位置の手前まで戻り、そこから直角に曲がってその脇道へ抜け、空港内駐機場（？）までそろそろと移動した。その人間くさい動きがとても印象的だった。その後、私たちは機体が完全停止してからタラップを降り、マイクロバスで入国審査を受けに移動したのだった。

カムチャツカへ向け午後にここを発《た》ったときもまた、逆送りの如《ごと》く同じ行程を進み、同じ滑走路を使った。相変わらず地面を歩くのに慣れていない飛び虫のように、辺りをうかがいつつ不器用に空港内を移動し、垣根の途切れから滑走路の中ほどへ頭だけ出して周りの様子を確認しながら（運転手ならぬパイロットの、左右に目配りする息遣いまで感じ取れる気がしたほどだ）忍び入り、九〇度に向きを変え、端まで移動した後、Uターンして向きをかえ、咳払《せきばら》いを一つすると、あとは一直線の滑走路をひたすら全力疾走して、ついに、左右によたよたしながら離陸した。椅子《いす》にリクライニング機能なんて付いていないので、離着陸時の注意事項はシートベルトだけだ（にもかかわらず、椅子は思いもかけないところで簡単にリクライニングし、食事中だと慌《あわ》てるはめになる）。ああ、飛行機が飛ぶって、こういうことなんだ、と妙に納得できた。これで十分なんだ、と。

飛び立ってほぼ水平飛行に入ると、眼下に沿海州の山々が見えてくる。森の中を歩いていたときの、ミズゴケの生える石の合間を流れる川のことや、コバエが顔のまわりを飛んでくる、あの妙に親密な感じ、遠くの何かが立てる物音に耳を澄ます感覚が甦《よみがえ》る。感嘆に近い思いで考えを巡らす。ヒグマが気まぐれにひっ掻《か》き回した跡のような、複雑に連なる無数の尾根筋や川筋。これらのほとんどすべてが、頭の中に入っているだろう、デルスー・ウザラーのような人々の蓄える教養の質について。

鋭く切り立った崖《がけ》が作る、沿海州の険しい海岸線を見ながら、なるほど穏やかな湾に面したウラジオストックが「自然の要塞《ようさい》」として尊重されたのも無理はない、と鳥瞰《ちょうかん》図《ず》を得て改めて納得する。

やがて飛行機は右折（?）し、間宮海峡の真上を通過、サハリンの、これも無数の尾根筋を持つ山々の上空を渡っていく。この深々とした山中を、サハリン島を横断する形で反対の海岸へと移動していた人々がいる。終戦間近、樺太に在住していた日本人のあるグループだ。オナガガモの中にも、この飛行機と全く同じような航路で日本から沿海州へ、そして間宮海峡を渡りサハリンを真東に突っ切って行った個体がいた。私もかつて、この山の一つにある野原で、巨大な蚊に辟易《へきえき》しながら短い夏に咲き匂《にお》う花々に見とれていたことがあった。

飛行機は見る間にそのサハリンの真上を通過していく。

この日の午前中、ウラジオストック市でアルセニエフ博物館を訪れていた。アルセニエフ、と付いていても単に地元の有名人である彼の名を冠しているだけで、別に彼の記念館でもなく、この地方に生息する動物や植物、先住民族の歴史や暮らしの紹介がある、文字通りの博物館なのだが、ある階がそのまま、旧ソ連軍の戦闘メモリアル室になっていたのには少し驚いた。彼の家族が彼の死後、旧ソビエト政府当局から受けた仕打ちを考えれば何とも複雑な思いだった。「一兵卒どもの時代」は過ぎたが、混迷は新しい混迷を呼びいまだにそれは続いている。通りや建物に有名な人物の名をつける慣習は他の国にも見られるが、この国の人たちには、特にその思いが強いらしい。

港近くの公園には、見なれたレーニン像が立っていた。旧ソ連圏を旅して、実によく目にするのがこういう英雄像、モニュメント、などのメモリアルの類《たぐい》だ。ひと頃、昂奮《こうふん》した民衆によってレーニン像が撤去される映像が、繰り返しテレビ画面から流されたことがあったが、目下の生活に忙しい人々は、そんなエネルギーを要する作業にとりかかる暇も熱情もないのだろう、気にもされていないし、かまってももらえていない様子で、ぽつんと取り残されている彼の姿を、幾度となく見かけた。これもまた、そういう「彼」の一つであった。

レーニン像とともに多いのが、「戦闘」のモニュメントだ。戦車や武器、それから戦う兵士の群像などどんな田舎町の広場にもあり、たとえ人家すらない山間《やまあい》にも（眼下のこのサハリンの山道にも）、突然道のわきに現れることもあって、それに遭遇するたび、何か「人心を一にする」ことに対する強迫的な執念を、自分がそれを体験したわけはないのに、かつて巷《ちまた》に満ち溢《あふ》れていた何かを急《せ》き立てる声が、遠いところから幽《かす》かに響くように感じられた。サハリンを見下ろしながら、そういうことを思い出した。

機体はそのサハリンの森上空から再び海上へ出たものの、そこから数時間、眼下は一面の雲、やっと晴れたと思い窓の外を見ると、すでにカムチャツカ半島上空だった。空港のあるペトロパブロフスク・カムチャツキーは、半島の向こう側に位置するので、飛行機はこの半島上空を横切る形で最後の飛行を続ける。まだあちこちに雪の残る尾根が美しい、と思っていたら、その透明度の高い美しさが次第に普通のレベルのものではなくなり、神々《こうごう》しいほどになってきた。

あの山が美しい、この山がきれい、というのではなく、見渡す限りの尾根尾根が、みなどこまでも青く、目に痛いほど白く、神さびて輝いているのだった。

やがて飛行機は（これも簡素な）空港につき、乗客は皆、タラップを降りたところで立ったまま、かなりの時間バスがくるのを待つことになった。大部分が地元のロシア人のようで、旅行に来たのだ、という浮き浮きした感じはほとんどなかった。

乾いた夕方の風が吹き抜ける。かなり冷たい。空港のあちこちから整備士や清掃担当員らが集まってきた。首輪もしていない褐色の犬が、ある一人の整備士の傍らをずっと離れない。その整備士は様々な機材の間を行ったり来たり、ときには場内移動車に乗ったりもするのだが、その間中、彼の顔をじっと見つめながら太いコードやホースが地面にとぐろを巻く中、器用に前に進んだり後ずさりしたり、そのけなげさに私の目はくぎ付けになってしまった。不格好な体軀《たいく》も、味があってよかった。そのうち、件《くだん》の整備士が飛行機の内部に入って行ったようで、さすがに犬はその中には入って行けず、困ったような顔をしながらじっとその入口を見ている。整備士はなかなか出てこない。他の係員たちがそれに気づいて、頭をなでたり話しかけたりするが、お愛想程度にしっぽを振るだけで、目はしっかり入口に固定されている。そうこうしているうちに、乗客運搬用のバスもやってきて、私たちは皆それに乗る。何やら懐《なつ》かしいバス、と思っていると、座席の上部に取り付けられた「優先席」とか、「お降りの方はボタンを押してください」の表示に気付き、驚く。中古の日本車はウラジオストックでもたくさん見たが、カムチャツカの空港内にまで日本のバスが働いているとは。動き出したバスの車窓から外を見ていると、目当ての人物が現れたらしく、ピン、と耳を立て、小躍りするようにその傍らに走り寄ろうとする犬の姿が見えた。

一概には言えないのだろうが、どうも北に行くにしたがって、人間と犬との関係は密になって行くような気がする。犬が労働力として頼みにされる度合いが強くなるせいかもしれない。次の引用は、前回紹介した『おれ　にんげんたち――デルスー・ウザラーはどこに』の中の一節で、ウラジーミル・クラウディエビッチ・アルセニエフが知人に出した手紙の一部、過酷な探検行の状況を記した部分である。

「『……四回、餓死しかかりました。ある時は海藻で胃を満たし、ある時は貝を食べました。最後の飢餓状態は最も恐ろしいもので、二十一日間続きました。私の愛犬アリパを覚えておられますか。私はあれを食べました』―略―

この時は途中で舟が転覆し、食料も銃も失われていた。一九〇八年八月十四日、アルセニエフらはアリパが捕らえてきたエゾライチョウを横取りして食べた。さらに自分を救ってくれたこともあるこの愛犬を、アルセニエフは隊員に射殺させ、分けて食ってしまって記す。『アリパや哀れ。お前は八年間も歩き続けるという生活を共にしてくれた。そして自分の死によって、私と仲間を救ってくれた』

一個の動物として、山野をさまようもの同士という条件下では、アリパもまた「案内人」の役を担《にな》っていたに違いない。このこと自体の是非を、そういう場に生きた経験のない人間が問うことは避けるが、「案内人」という客体であったものが、いつか「主体」に吸収される、象徴的な事例のように思えて、この個所を読んだ時はしばらく考え込んだものだった。

この日は迎えに来てくれていた運転手の車でまっすぐホテルへ向かった。夏だというのに、吹雪がちょっと止《や》んでいるんだ、というような印象を与える風景だった。

翌日、同じ車で、今度はスタリチコフ島へ渡るために港へ向かう。

この旅に出る前、カムチャツカの鳥に詳しい現地のガイドを紹介してもらおうと、日本で二人の鳥類学者に（別々に）相談したら、お二人がそろって同じ人物の名をあげた。仮にL氏としよう。私が入手した、極東地方の鳥に関しての資料も、L氏の手になるものだと、改めて表紙の著者名を見て気づいた。つまり、この分野での第一人者の一人なのである。だが、連絡を取ろうと腐心してくださったのにもかかわらず、その人物の行方は杳《よう》として知れなかった。途中から、もうこうなったらガイドなどいいから、無事でいらしたらいいのだけれど、と何か落ち着かない気分だった。諸々《もろもろ》の手配を頼んだ旅行社がエコツアーの手配もしてくれるとのことだったので、最終的にはそこで「鳥ガイド」の紹介を頼んだ。現地に入るまでは、誰が来るか分からない。

港に現れたのは、Y・Gさんという方だった（帰国後、鳥類学者の樋口広芳さんにお聞きしたところによれば、Yさんもまた、ガイドを頼むのであればLさんでなければYさん、というぐらい、優秀な上に人柄も温厚な鳥学者の一人だということだった。ソ連邦瓦解《がかい》後、それまで機能していた学者を守るシステムまで解体同然になり、彼らの中には研究費あるいは生活収入を得るため、本職以外にエコガイドのようなことをしている人々もいるらしい。偶然とはいえ、これ以上ない「ガイド」に当たったもの、とカムチャツカ探鳥（？）報告に研究室を訪れた私の幸運を、樋口さんは自覚させてくれたが、同時にまた、彼らの不安定な身の上を思われてか、少し表情を曇らせた）。

曇り空だった。

予約してあった船は漁船で、船長以下二人の乗組員。お父さんと、息子たちであった。ニコニコと皆フレンドリーで、船室にはストーヴが焚《た》いてあった。

船が出港し、アバチャ湾を沖に向かって航行していると、しばらくして大きな岩山が海中から三つ、突き出ているのが見えた。聞くと、兄弟岩という名前だそうだ。さらに近付くと、そのうちの一つの僅《わず》かな砂浜に一頭、巨大なセイウチが飾り物のように横たわっている。その周りをミツユビカモメたちが、飛び回っている。もう数年、ああしています、と、Yさんが苦笑しながら言う。

それなりの装備はしてきたつもりなのに、海上で風に吹かれていると、信じられないほど寒い。北太平洋の青銅色の海と、垂れ込めた雲が行く手をさらに寒々とした印象に染めている。七月も下旬だというのに。

しばらくは我慢して甲板に出ていたが、観察どころではなくなるほど寒い。吐く息がはっきりと白い。船室に避難していると、船長が漁師用のジャケットを持ってきてくれた。どちらかというと魚臭く、塩でベタベタして、湿気を含んでずっしりと重かったが、着ると途端に元気になった。さすがに暖かいのだ。

海上の遠く近く、数羽であるいは群れで飛び去って行く、豆粒ほどの鳥の姿を見て、あれはウミバト、あれはオロロン鳥（ウミガラス）、とYさんが指さしていく。オロロン鳥？と、私は必死で目を凝らすが、どうしても同定できない。

数時間かかって、ようやくスタリチコフ島の島影が見えてきた。

浮かんでいる海鳥の姿も次第に増えてきて、今度ははっきりとその姿を確認できた。なんとエトピリカにツノメドリ、ヒメウ（これはYさんに教えてもらった）までいた。

英国のペーパーバック、ペンギンブックスの児童書版、パフィンブックスでもお馴《な》染《じ》みのユーモラスな姿かたちをした「パフィン」は、ニシツノメドリだ。正確な英語名はアトランティック・パフィン。ツノメドリにとてもよく似ている。ツノメドリはホーンド・パフィン（ちなみにエトピリカはタフティッド・パフィンである）、嘴《くちばし》の色だけが（先端が赤いのは同じだが）違う。ツノメドリは先端以外、鮮やかな黄色だが、ニシツノメドリは鮮やかさは同じでも、もう少し複雑な色構成である。パフィンの仲間は、オウムのように大きくカラフルな嘴と、どうにもこうにも困り果てた、というようなその表情が特徴的である。エトピリカは顔を白く横断するラインの延長線上に飾り羽がつき、それが後頭部で風に吹かれている。これも顔つきがよく似ているが、ツノメドリたちのそれがただひたすら困惑している、まいった、という風に読めるとすれば、エトピリカの顔つきはもう少しアグレッシヴで、はっきり迷惑しています、と断言しているようである。だが、積極的に怒っている、というほどではない。ツノメドリへ対してと同じように、こちらでできることがあるなら何かいたしますが、と思わず手を差し伸べたくなるような（向こうはただほっといてもらいたいのだ、というに決まっているだろうが）、いつ見てもこういう深刻な顔つきで、空を飛び、海に潜り、子育てをしている。

Yさんがあそこ、あそこ、と嬉《うれ》しそうに指さすので、見ると、近寄る船から逃げようとするエトピリカが波の上を腹ばいになるようにして、のたのたと移動している。

彼らはおなかいっぱい食べすぎます。ぎりぎりになるまで動けなくて、いよいよ船が近づいてきたら、ああやって逃げるんです。

Yさんはそう言って、両手で自分のおなかを大きくするジェスチャーをし、いかにも愛《いと》おしそうに、でもおかしくてたまらないというように笑う。温かい笑いだ。確かにおかしい。子育てのために口にいっぱい詰め込むのは分かるが、いざというとき動けなくなるほどおなかにまで魚をため込むなんて、野生の鳥としては些《いささ》か緊張感に欠け過ぎてはいまいか。この愛すべき悠長さ、つまり先を見る抜け目なさの欠如が、彼らを絶滅の危機に追い込んだ一因には違いあるまい。

スタリチコフ島は周囲を断崖《だんがい》絶壁で囲まれ、その断崖が格好の海鳥のコロニーになっている。

波に洗われた断崖は浸食されてあちこちに洞穴や入り組んだ割れ目、隙間《すきま》が穿《うが》たれており、濡《ぬ》れた暗褐色をしている。そこに営巣《えいそう》している鳥たちの姿も見える。カモメやウミバト、オロロン鳥……。

Yさんに言われ、空を見る。群れ飛ぶ鳥たちの中に、一羽、大柄の鳥がいる。肩付近にかかった白いケープ、堂々とした飛び姿は紛れもないオオワシだ。

ああ、本当！　オオワシ！

オオワシは、海に突き刺さった塔のような岩の頂上付近にいったん降り立ち、それからもう一度羽を広げ、その頂上の反対側の端に移動する。そこにオオワシの巣があり、ほとんど成鳥ほどの大きさの雛《ひな》が一羽、いるのだ。魚か海鳥かを運んでもらったのだろう、背をかがめて食べているらしく、私のいるところからは見えなくなった。

こういう類《たぐい》の棒状の奇岩が、島の周りには大小取り混ぜていくつもあり、細いもののてっぺんではたいていウのような鳥が、ポーズをとっている。カワウやウミウなら、よく見知っているが、干したイカのように両羽を開いて虫干しするポーズなど、体つきは明らかにそういうウの仲間でありながら、この鳥は頭部が変だ。顔が赤い。頭上が妙にでこぼこしている（帰国してから樋口さんに確認していただくと、チシマウガラス、とのこと。以前は北海道でも多数見られたが、今はほとんど確認例がないとのこと）。

しばらくその様子を観察した後、船は島の沿岸部に沿って進む。断崖一面にまるで団地のようなオオセグロカモメのコロニーや、オロロン鳥のコロニーが出てくる。オロロン鳥は、その姿かたちから、北半球のペンギンとも呼ばれている。今まで写真でしか見たことがなかった。それがまるで春先の土手の土筆《つくし》のように、断崖の上から下までぎっしりといるのだ。

エトピリカやツノメドリは、ユーモラスで無愛想な表情がはっきりと視認できる近さで、数えきれないほど飛び回っている。まるで秋空の赤とんぼの群れのように。この中の一羽でも日本で会えたら、その後一生忘れられない出会いになるだろうに、オロロン鳥も、エトピリカもツノメドリも、こんなにたくさん乱舞しているところに居合わせるなんて、その幸運をどう見積もっていいのか、感激で言葉も出ない。さっきまであんなに寒かったのに、もう寒さなんてどこかに飛んでしまった（漁師用のジャケットのおかげもあるが）。

やがてまたオオワシが空を舞い始める。

Yさんが、あれはさっきのとは別の個体だという。先方に、切り立った岩が見えてきたので、さっきオオワシの巣があった場所とよく似ている、と双眼鏡を覗《のぞ》くと、やはり巣があり、成鳥に近いオオワシの雛がその中で羽ばたいている。これは、とYさんを見ると、彼もうなずきながら同じように両手を大きく動かし、練習をしているんです、とニコニコしながら言う。

まちがいなくこの秋、渡りへと飛び立つ若いオオワシだ。

長い長い道中を両の羽だけを頼りに渡っていくため、練習をしているのだ。あの羽ばたきは遊びでもなんでもなく、命に直結している「練習」なのだ。彼だけではなく、数ヶ月も経《た》てば、ここで出会ったオオワシはすべて日本方面に向けて渡りを始める。

知床で出会った、新潟で出会った、諏訪湖で、琵琶湖で出会った、あなたがたが毎年早春、遥《はる》か彼方《かなた》へ帰って行く、その翼が目指している場所の一つはここであったのか、と改めて感慨を深くする。こんな荒々しくもの寂しく、また潔《いさぎよ》く清々《すがすが》しい、鉛色をした北の海であったのか。

群れも持たず、経験もない若いオオワシは、何を頼りに渡るのか。

鳥たちが渡る際のとりあえずの案内役としては、太陽や星座の位置が、大きな役割を担っているらしい。すでに海外で種々の実験もなされているが、前述の樋口さんが、それらについて分かりやすくご著書にまとめられている。

「昼間渡る鳥たちは、太陽の位置を体内時計で補正しながら渡っているらしい。周囲に等間隔に細い隙間のある円形のケージに入れられたホシムクドリは、太陽の光が入ってくる方向に合わせて、向かうべき方角を定める。—略—

夜間には星座を利用する。プラネタリウム内のケージに入れられた北米のルリノジコは、春や秋、野生の鳥が向かうべき方角に向かってあわただしく動きまわる。—略—プラネタリウム内で人為的にほかの星を北極星に見立てて星座を映し出すと、鳥は人為的な極星にもとづいて定位する。

やはりルリノジコをもちいた研究だが、おもしろいことに、星による定位の能力は、生後数ヶ月のうちに天体あるいはプラネタリウム内の星空を見ることによって獲得される。幼いころにその経験をもたない鳥は、成長してからいくら星空を見せても定位することができない。」(『鳥たちの旅——渡り鳥の衛星追跡』樋口広芳・日本放送出

版協会)

幼いころに星空を見た経験をもたない鳥は、成長してからいくら星空を見せても定位することができない——つまり、自分の内部に、外部の星空と照応し合う星々を持っていない、ということなのだろう(ということは、他の鳥はそれを持っているのだ!)。サケが生まれ故郷の川の水を記憶していて、いつかそこへ帰っていくこととも似ている。

自分を案内するものが、実は自分の内部にあるもの、と考えると、「外界への旅」だとばかり思っていたことが、実は「内界への旅」の、鏡像だったのかもしれない、とも思える。

この旅で、空港へ迎えに来てもらうところからお世話になった、ドライバーのコンスタンティンは、縦も横もたっぷりとある、ぎょっとするほどの大男で(それでサングラスをかけ、丸刈りなのだから)、これはもう絶対マフィアに関係する人に違いない、と見る者に強い警戒を抱かせてしまうような、失礼ながら、一見凶悪な風貌《ふうぼう》であった。

三日目に、先住民族・イテリメン人の住居跡を見に行ったときのことだ。午前中の早い時間で、ヤナギランのピンクやハナウドの仲間の白い色をした花々が、霧の中を夢のように咲いている草原を、コンスタンティンの運転する車はあちらこちら迷いながら彷徨《さまよ》う。やっと着いたその場所で車を降りると、ピンク色のカラフトイバラが、露に濡れてうっとりと咲いていた。コンスタンティンは、実に繊細な手つきでその花びらをつまむと、口の中に入れ、食べ始めた。むしゃ、むしゃ、というのではない。そっと、口に含む、という感じだ。私がそれに気づいて、思わず目を丸くして微笑《ほほえ》むと、食べられるんだよ、と照れながら言った。きっと、幼い頃、家族か遊び仲間かに教わり、野原で食べた経験があるのだろう。そういう、思わずやってしまった、という反射的な行為だったから。

いかつい外観のコンスタンティンの体の内部には、幼い頃からノイバラの花びらが降り積んでいる、と思うのは楽しかった。それで、つい、外部の花びらに反応してしまうと思うのも。

霧の中を、遠くで名前のわからない鳥が鳴き、それが辺りに響いているのもまた、とてもうつくしかった。イテリメン人たちの住居跡は、浅瀬を透明な水の流れる川のほとりにあった。ヤナギの木が、川の表に傾《かし》いで、緑の葉が簾《すだれ》のように川面《かわも》に揺れていた。

鳥瞰図《ちょうかんず》、という言葉は、高い視点で俯瞰《ふかん》された風景のことを言うけれど、鳥の視力は（特に狩りをするオオワシなど猛禽類《もうきんるい》のそれは）、人間には考えられないほど優れたものらしい。時々その感覚を想像する。

それはきっと、マクロとミクロを同時に知覚できるようなものではないだろうか。遠くでしている生活の音やにおいが、動物の動きが、まるで自分がそこに身を浸しているように感じられるような。彼方で誘って止《や》まない北極星の光が、外界と内界の境を越え、自分の内側で瞬《またた》くのを捉《とら》えられるような。

それは越境していく、ということであり、同じボーダーという概念を扱いながらも、他者との境に侵入し、それを戦略的に我がものとする「侵略」とは次元も質も違う。「越境する」ということの、万華鏡的《まんげきょうてき》な豊饒《ほうじょう》さに浸って、言葉が生み出され、散らばって、また新たな言葉が誕生する、そういう無数の瞬間の、リアリティの中を、生きものは渡っていく。

秋になれば、カムチャツカのほとんどすべての鳥は、渡りを始める。体重十グラムも、五千グラムも。群れになって、あるいは単独で。

註

ウミガラス　チドリ目ウミスズメ科　全長四十二センチ　体つきや水中での俊敏さ、腹部の白いところから、北半球のペンギンとも呼ばれる。やはりペンギンのように足が（直立したとすれば）真下、尾の近くにあるので歩くのは苦手そうだ。だが、ペンギンと違い、立派に空も飛べる。オロロン鳥の呼び名は、その鳴き声からというが、何とも言えない郷愁を誘う、いい名前だと思う。この名前だけでこの鳥に惹《ひ》きつけられる人も多いのではないだろうか。北海道の天売島《てうりとう》に少数が繁殖している。彼らもかつては、大群をつくっていた。

エトピリカ　チドリ目ウミスズメ科　全長四十センチ　アイヌ語で、エトは「嘴」を、ピリカは「美しい」を意味している。大きな嘴の、足や水かきと同じオレンジ色のコーディネイトが、体の黒色に映えて確かに美しい。顔の白いラインからそのまま黄色へと変わる飾り羽も鮮やかだ。それが風になびいているところが簪《かんざし》にでも見立てられたのだろうか、オイランドリ（花魁鳥）の異名も持つ。ハトを太り過ぎにして一回り大きくしたくらいの大きさ。ただし頭部はハトの倍以上に肥大している。もめごとの渦中《かちゅう》にあるが一歩も引かないぞ、というようなふてぶてしい顔つきは、上部が斜めに欠けて見える目のせいだろう。ツノメドリよりもさらに何を考えているか分からない印象がある。

ツノメドリ　チドリ目ウミスズメ科　全長四十センチ　太い一本の睫毛《まつげ》が上向きに生えているような顔の印象が命名の由来だろう。エトピリカとよく似ているが、顔つきはもっと、泣き出しそうにしている。エトピリカとの一番の違いは飾り羽の有無だろうが、両方が空中をハイ・スピードで飛び交っている場合、とっさの見分け方としてツノメドリは腹部が白い、ということを覚えておく。エトピリカは腹まで黒い。

ヒメウ　ペリカン目ウ科　全長七十三センチ　ウミウやカワウより一回り小さく、たおやかで繊細、彼らのようにぎらぎらしたところがないように見える。これは彼らと違い、顔の色を黒一色でシックにまとめているせいだろう。

ウミバト　チドリ目ウミスズメ科　全長三十三センチ　夏羽では全体に黒く、翼の中ほど、雨覆《あまおお》いの部分だけが白い。飛翔《ひしょう》時、足の赤色が目立つ。確かにハトのような全体の印象である。頭部も小さく、かわいらしい。

チシマウガラス　ペリカン目ウ科　全長八十センチ　顔が赤く見えたのは繁殖期だけの特徴。毛が抜けて地肌が見えるのがその理由。タンチョウの頭のてっぺんが赤いのと同じである。遠目から頭がでこぼこして見えたのは、前方と後方の二カ所にある冠羽のかたまりのせい。岩の真上で両羽を広げているところは、プテラノドンのように迫力がある。

もっと違う場所・帰りたい場所

本書の第一章で、案内人・Hさんに知床を案内していただいてから四年の歳月が流れた。

午前九時半。女満別《めまんべつ》空港で久しぶりにHさんと再会し、そのまま能取岬《のとろみさき》へ向かう。前回案内していただいたときは三月の末のことで、出会ったオオワシたちは北のカムチャツカを目指して旅立って行った。今回は十一月下旬、飛来してくる彼らを迎える旅だ。

オオワシは、十月から十一月にかけてカムチャツカから飛来し、知床でしばらく過ごす。その頃知床はサケのやってくる時期で、食糧が豊富なのだ。その後、千島列島方面へ向かい、年が明けると今度は逆のコースを辿《たど》り、北帰行の途に就く。そういう道筋をとる個体が多いらしい。多いらしい、と書いたのは、そうでないコースをとるオオワシもいるからだ。

能取岬はひと気が全くなかった。濃淡入り混じった雲の合間に青空がかろうじて見える、一触即発で荒れ模様に転じそうな空模様だ。車を降りて崖沿《がけぞ》いに小道を歩く。風は北西、ときに北北西。網走市内で最大瞬間風速は九メートルほど。激しくて、時折それに乗った冷たい雨滴が勢いよく顔にぶつかって散っていく。右手遠く知床半島辺りには濃い灰色の雲が垂れ込め、あちらはもうすっかり雨に包まれているのが分かる。

眼下のオホーツク海は鉛色。この辺り、遠浅の海岸なのだろう、横に長く隊列を組んだ白い波がしらが、繰り返し繰り返し沖で生まれ、陸を目指して走ってくる。こういう光景を、たてがみをなびかせた白馬の群れが疾走すると形容したのはフランスの詩人だったか。

周辺に枯れた植物が多い中、ふと足元に目を落とすと、緑を失《な》くしていない植物があった。通行人の靴に踏まれ、平べったく地面にへばりついているので見過ごしてしまいそうになるが、細く絡《から》み合っているような茎についた、そのスズメの爪《つめ》ほどの小さな葉の膨らみから、何かとても親しい、率直に言うと、「食べたらおいしいだろう感じ」がしてきてしようがなく、しゃがみこんで検証した。踏みしめられ、寒風に晒《さら》されて硬く縮こまっているけれど、もしかしたら、オカヒジキかも。そう呟《つぶや》くと、H

さんも、そうかもしれません（Hさんはこのあと図鑑で調べてくださって、それではぼまちがいなかろうということになった）。

再び歩き出し、ふと上を見上げるとタカ類が一羽、飛んでいる。あれは、ハヤブサみたいですね。カラスに追いかけられている。ハヤブサはその気を出したらカラスなんか敵じゃないんでしょうが、大体ああやって気弱に追いかけられてますね。オジロワシなんかもそうですね。めんどくさいんでしょうね。

本当に必要なときにしか、攻撃性を発揮しない——生物の在り方として正しいではないか、と秘《ひそ》かに自分に言って聞かせる。

あ、あれはどうも、オオワシっぽいですね……三羽。Hさんは双眼鏡をのぞき能取湖の方角（西）の雲を指さす。私には何も見えない。やがてほんの芥子粒《けしつぶ》ほどの点が二つ、離れて一つ、雲間に見え隠れしてくる。

車で岬を離れると、草原の上空で、地上の一点をじっと見つめたまま動かない鳥を見つけた。ノスリですね。

枯れ草の間に、ヤチネズミか何かいるのだろうか。頭部は空中にピンで刺されたように決して動かさず、胴体や翼を微《かす》かに上下させてバランスをとっている。一枚一枚の羽が風にめくれ上がっている。しばらくすると、場所を少し移動して——まるでサギ類が狩りのポイントを変えるように——そこでまたホバリングを始める。海へと抜ける気流はかなりの強風になるだろう。ホバリングするのも、この風の勢いだとかなりの力がいるだろう。抵抗するためには、強い力がいるのだ。

勢いに流されず、じっとしているという、ただそのことだけにさえ。


サロマ湖方面へ移動する。

ハクチョウの一群が、盛んにパドリングしながら水面の食物を漁《あさ》っている。まるで彼らの体から湯気が立っているような熱気だ。首や羽を上方に、伸び上がるようにしたり、羽ばたいてみたり、それからまるで全員そろっているか、確認して回るように仲間の間をせわしなく動き回ったり。長旅の昂揚感《こうようかん》がそのまま伝わってくるような光景だった。今、渡ってきたところみたいですね。どうもそんな感じですね。

湖をぐるりと回ったところにやはりハクチョウの一団がいて、しかしこの一団はもう着いてからしばらくたっているのか、音一つ立てず、しんと静かに落ち着いて、休息に入ろうとしていた。首を後ろの羽に埋《うず》め、全身がぼってりと重たそうに沈み込んでいる印象だ。もちろん、水面に浮かんではいるのだが。気候がもう少し冬めいてくれば、水は凍りがちになり、陸に上がってキャベツ畑ならぬ盛り上がった白いクッシヨンの畑のように群れで休むのだろう。

チミケップ湖へと向かう頃にはすっかり日が暮れていた。

車は町を離れて山懐《やまふところ》へ入っていく。暗い峠を過ぎ、また峠を越えて、やがて道は舗装が切れ、町の灯や物音もすっかり遠ざかる。もう、ここから先、携帯電話も通じない。

途中で車を停め、足元も見えないほどの真っ暗やみの中を車外に出てみた。

頭上の、重なり合う木々の梢《こずえ》の隙間《すきま》から、信じられないほど無数の星々が覗《のぞ》いている。その輝きの強さに声を失い、しばらく空を見上げて見とれる。周囲に人工的な光がないというだけで、こんなにも星は親しげに近づいて見えるのだった。少し前まで、日本中至るところで、人はこんな風に星空を見上げ、見とれていたのに違いない。

対向車のライトが届いてきたので、再び車に戻る。その明かりは遠くから近付き、カーブでしばらく見えなくなっていたが、ついに傍らに来て、そして通り過ぎていく。初めての対向車だ。

周囲は深い森に囲まれ、原生林の奥へ奥へと迷い込んで行くような心持ち。この先、よもや人家があろうとは、それも暖炉に火の入った清潔なホテルが庭先に灯りをともし、温かいディナーを用意して待っていてくれるなどということは、車で走っているときはまず想像できない（まるで『注文の多い料理店』だが、もちろん、もっと安全だ）。事前に予約してあるので、間違いないと分かっていても、何だかそれも全《すべ》てこちらの勘違いだったのではないかという不安が、一度ならず胸をよぎる。

やがて、木々の間から、ホテルの慎《つつ》ましげな光が見え隠れするようになり、ほっとする。ほっとするが、一方ではこのワイルドなドライヴが終りになるのが残念でもある。この四年間に数度訪れ、昼間なら、窓を全開にしてほとんど歩く速度で車を走らせ、動物の痕跡《こんせき》や植物の変化などを見るのが楽しみになっていた（アフリカのサファリとは全く違うもののようであるが、同質の何かを感じているのかもしれない）。出迎えてくださる、いつに変わらぬ、スタッフの方々の温かい対応が懐《なつ》かしい。

その夜は、夜明け前に目が覚めるように目覚ましをセットしておいた。早朝のテラスに来る鳥たちを見るのが、楽しみだったのだ。結局目覚ましは必要なく、自然と目は覚めた。静寂の中で深く眠ったはずなのだが、昂揚した気分が遠足の朝のように早く早くと急《せ》かせたのだろう。

外はまだ「夜」だ。窓から外を見ると、寝る前とは違う星々のにぎわいがあった。普段あまり見ることのない、夜明け前の空の様子には、何か地球が自分自身でいることを取り戻しているような神話的な静けさがある。小さい頃、そういう場面に遭遇すると、まちがえて宗教的な儀式に迷い込んだように身を小さくし、けれどどこか陶然として空の変化を見つめたものだった。このときもそのまま、辺りが明るくなるまで窓辺に釘付け《くぎづ》けになっていた。

普段家にいて、こういう時間に起きたとしても、雑事の余韻は辺りに澱《よど》んでいるし、明るくなるに従って活動を始める町のざわめきも届き、各種配達の車が走る音も耳に入ってくる。静寂の深さが違うのだ。けれど、朝へ向かって確実に森が動いていく気配はする。静寂の密度というものがあれば、それがあまりにも濃くて、森の気配がそのまま伝わってきそうなほどだ。

こういう時間と空間を、切り抜くようにして、渡りの途にある鳥たちは脇目《わきめ》も振らず飛び続ける。

その日は朝食後、すぐに知床へ向かった。

斜里《しゃり》川《がわ》を越えると、Hさんが車を停めた。上昇気流が出来ていたのだ。そこへ、トビやオジロワシたちがやってきて、螺旋《らせん》を描きながら気流に乗り、より高くへと飛び立とうとしている。その数がみるみる増えてきた。タカ柱だ。　苦戦してますねえ、オジロワシ。トビの方が気流を捉《とら》まえるのがうまい。

風は南東。

再び車を走らせると、途中で、山側の斜面の木の枝にオオワシが、少し離れたところにその幼鳥が（二羽の間に血縁はないだろうが）止まっていた。幼鳥は、オジロワシのように茶色っぽく、前年カムチャツカで飛ぶ練習をしていた、あのオオワシの雛《ひな》が飛んできたとしたら、ちょうどこのくらいかと思われた（そんな偶然はまずないだろうけれど、一〇〇パーセントないとも、また言い切れない）。

その日の昼食は、ウトロにある、海鮮料理の有名な店でとった。時間は少し（昼食にしては）遅かったのだが、私たちが入ったときは客の波が引いたときだったのだろう、厨房《ちゅうぼう》にいらしたご主人からお話が聞けて、ちょうどよかった。この地の自然環境に造詣《ぞうけい》の深い方で、店内に置いてある、ご自身が撮られた写真にもそれは現れていた。僕たちの大先輩のような方です、とHさんが敬意を表する。そのときいただいた写真の流氷が美しくて、思わず見入った。すごい流氷ですね。それは十年前のです。もう今ではなかなかそんな流氷は……。カラスバトまで来たんですよ、この間。え？　カラスバト？

カラスバトは南の島の鳥だという印象があった。私はまだ一度も見たことがない。迷って辿りついたんでしょうが、こんなことは初めてです。エチゼンクラゲも今年、知床までやってきて。ああ、その話はニュースでちょっと聞いたことがあります。太平洋側まで現れ始めたっていう。でも知床まで？　そうです、対馬《つしま》海流に乗って……。

脳内に極東アジアの地図が浮かぶ。黒潮は、南から北上してきていよいよ日本列島にぶつかるというときに、太平洋側へ回る（大きな）流れと、東シナ海から日本海側へ行く（比較的小さな）流れに分かれる。だから日本海にはアムール川等から流れ込む冷たい流れとは別に、実は黒潮から分かれた、温かい対馬海流もあるのだ。その対馬海流はまた、日本海を北上する途中、津軽海峡へ（右折して）行く流れと、もう少し北、宗谷海峡を（右折して）日本列島の太平洋側（実際はオホーツク海）へ回り込む流れに分かれる。その宗谷海峡をぐるっと回り込んだ流れを、知床半島が腕を伸ばしてしっかり抱きとめる、という図式。だから、昔から知床の海には、なぜここに？と、首を捻《ひね》るような熱帯の魚の死骸《しがい》などが流れ着く。

今年はその北行きの便に、彼らが最後まで消えずに乗ってきた、ということだろう。紋別《もんべつ》、湧別《ゆうべつ》に現れたのが十月中旬、知床が十一月初旬だそうだ。知床の定置網はその前に上げていたので、実質的な被害は少なかったらしいが、彼らが「出現」したと聞いただけで、私のように直接的な被害のない人間にまで精神的ショックが伝わってくる。

けれど、海水温が上がり、生活用水による有機物が海に流れ、プランクトンが大量発生したら、それを食料にする生物も繁栄していくのは当然のことであり、「自然」なのだろう。エチゼンクラゲが海にあふれるこの光景は、私たちの生きる今の自然の姿そのものなのだ。たとえそれが私たちになじみのない異様なものであったとしても、自然はいつの時代も変化しつつやってきたのだから。

（この自然環境が）元に戻ることは、まあ、ないでしょうけど、でもそれでも何とかできることをやっていくしかない、と（実際に言われた言葉は、もっと含蓄に富むものだったと記憶しているが）、ご主人も言っておられ、とても共感した。

昔、陸にスズメがあふれていたように、今、エチゼンクラゲが海にあふれようとしているのかもしれない。スズメもまた、太古の昔からあれほどたくさんいたわけではなく、稲作を基本にしたヒトの生活圏が拡大するとともに、彼らの勢力も強くなり、そしてヒトの生活圏の「質」が、従来のように彼らに有利な食生活を提供しなくなるに従って、数を減らしてきたのだ。代りに、今の時代にもっと適応できたカラスが勢力を伸ばしている、というだけの、きわめて「自然」な話なのである。

その昔、異様に増えたスズメの群れを目にして、不安と恐怖に駆られた人々もいたかもしれない。

知床五湖は、数日後にはもう冬季の通行禁止時期に入り、周辺には立ち入れなくなる。その前に、とそれからイワウベツへ向かった。

駐車場に車を置いて、五湖を周遊する歩道を歩く。

板を渡した歩道は、積もった雪が凍りついている、私の一番苦手な状況である。これまでの人生で雪道にはとうとう慣れるということがなかった。これからもないだろう。よほど運動神経が鈍いのだと思う。

この、礫地《れきち》に海鳴りや木々を震わす風の音を練り合わせて出来上がったようなイワウベツ台地に、入植し、暮らしていた人々がいた。結局開拓は、昭和四十一年に町がこの地区の集団離農を決定することで、事実上は終わっているが、その後十年近く、この地区に住み続け、また通い続けた家族もいた。苛酷《かこく》な自然と対峙《たいじ》する日々の中、一方ではどんなに美しいものを見、深い喜びを得ていらしたか、と想像する。

一湖から二湖へ向かう途中では、トドマツの太い根が大きな岩を抱え込んでいる、迫力のある光景にいくつも出会う。この辺りは火山の爆発で流れた火砕流が冷えて出来上がった、岩だらけの土地だ。木々の種子は、多く岩の上に落ち、塵《ちり》や埃《ほこり》、枯葉などが積もって出来た僅《わず》かな層に発芽し、生き残った幼木が、年月を経てこのような奇観をつくるのだろう。

種子は、落ちたが最後、自力でそこを動くことはできない。育つ場所を選ぶ自由はない。落ちた場所で、何とか生き延びていくしかないのだ。幹だけ見ると、真《ま》っ直《す》ぐな、立派なトドマツだが、根の部分には、運命とのすさまじい格闘の跡が、隠しようもなく、露《あら》わになっている。諦《あきら》めなかった種子たち。

二湖の傍らを歩いているとき、曲がった道の前方にシカがいた。一湖周辺までは他にも観光客がいたが、午後も遅くなりかけていたからか、もう他の人影を目にしなくなっていた。シカは、私たちの進行方向に、まるで立ちふさがるようにして、こちらを見つめていた。

しばらく互いに見つめ合い、それから向こうが脇へ退いた。数メートル先に退いてからも、そこからしばらくこちらを振り返って見ていた。ここのシカは特に、人慣れしているのだろうが、その、挑むような視線に一瞬戸惑う。

こちらが安全な車内にいて、野生のシカの集団を目にしているときや、明るい場所で人間もシカも入り混じるようにして出会うときなどと違う、この、静かな森の木陰のほの暗い場所で、野生動物とお互い、個として見つめ合う（睨《にら》み合う？）、という状況になると、いつも、裸の生物としての、自分の存在を問われているような気になる。自分のこれまで獲得してきた知識とか社会的スキルとかがまったくどうでもいいようなものに思え、いつもどこか、気後れするものがある。生物としての一番基本的なところの修練を、うっかり忘れていた、と突然気づかされ、焦《あせ》る。けれど、それでも最近は少しずつ厚かましくなってきているので、まともに向き合えるまであと少し、という手《て》（目？）応《ごた》えを、このときは自分自身に感じた。

そちらを達成する方が、凍った雪道を歩けるようになるより、まだ見込みがあるだろう。それから三湖へと歩を進めるうち、少し開けた場所で、ちょっと油断していたらあっというまに尻《しり》もちをついた。これが、本当に、足払いを食ったように見事に滑ったのだ。あまりに見事だったので、一瞬何が起こったのか分からないほどだった。転ぶときはいつでも、意識の流れが一瞬途絶えて、虚を衝《つ》かれる。物心ついてからよく転んだが、その瞬間はいつも、同じ場所にいるような気がする。どんなに齢《とし》を重ねても、繰り返し同じ場所に帰ってしまう、という感覚。

湖は空に向かって開かれている。

そちらに目を遣《や》りながら、Hさんが呟《つぶや》く。

知床の自然っていうと、僕の中にある

のは、明るい夏の風景じゃなくて、こういう、ひと気のない、晩秋の湖の光景です。静かで、ハクチョウとかが鳴く声が谺《こだま》するような……。私は彼に較《くら》べれば、知床を全く知らないに等しいけれど、とても分かるような気がした。いろいろなものが削《そ》ぎ落されて、本質が、顕《あらわ》れてくる時期なんでしょうね、と頷《うなず》く。

五湖に辿《たど》りつく頃には、すっかり辺りは暮れなずんでいた。かろうじて足元が見え、滑らないように注意を払いつつ、湖岸まで進む。対岸の木々のシルエットが濃い闇《やみ》の色に浮かび上がっている。こうしている間にも、陽が落ちて急激に気温が下がっていく。湖の表面は目に見えて結氷が進んでいる。ピシッ、パシッ、とあちこちで小さく音が鳴る。そのほかは、何かの深みに引きずり込まれるように、ただただ静かだ。

突然、絹を引き裂くように甲高く、ホエザルが気のふれたように途方もなく、裂かれた木が崩れ落ちるようにすさまじい、何かの叫び声が辺りに谺して、一瞬体中が凍りついた。一呼吸あってから、Hさんが、シカのラッティングコールですね、と、落ち着いてコメントする。すごい声ですね。シカの声は聞いたことがありますけど、こんなのは初めてです。山姥《やまんば》が死に物狂いで叫んでいるみたい。ここのシカは大きいですからね。

「奥山に　紅葉踏み分け　啼《な》く鹿《しか》の　声聞くときぞ　秋は哀《かな》しき」というような、床しい情趣など吹き飛ばすようなすさまじい響きだ。北海道の、特に道東の自然は、本州のそれとは決定的に違う、とこのとき改めて思った。以前にも、気のふれた山姥がなりふりかまわず吼《ほ》えている、という印象を、やはりこの地の、ダケカンバの樹形に対して持ったこともあった。

四季を愛《め》でるゆとりの中で醸成される端正な「和の文化」は、ここでは異質のものだ。そういう意味では、ここは「日本」ではない。常に生と死が拮抗《きっこう》するような、激しさと厳しさが剝《む》き出しで迫ってくるような世界。自分の存在が、どんなに取るに足りないものか、否《いや》が応でも思い知らされる。けれどまた、「住みやすい日本」よりもこの地を選び、「渡り」住んだ人々もまた、存在したのだった。

クマザサの藪《やぶ》に見え隠れする古い水道管や朽ちかけた建造物などが気になり（それが知床開拓団の人々の生活した跡だと教えてもらったとき、思いがけない「人の日常の痕跡《こんせき》」に、なんというか、「物語性」を感じて――ああ、「渡りの足跡」だ、と思い――無性に惹《ひ》かれたのだ）、この旅から数ヶ月後のことになるが、当時実際この地域に住んでおられた方々のお一人を斜里に訪ねた。知床自然センターの近くにかろうじて現存していた当時の家屋で、近年保存されることになった門間《もんま》家《け》の、門間あや子さんだ（なお、知床開拓については『知床開拓スピリット　栂嶺《つがみね》レイ写真集』（発行・柏艪舎）に詳しい。思わず共感してしまう文章と、今残しておかなければという迫力に満ちた写真に引き込まれる）。

迎えてくださったあや子さんは、温かく率直で朗らかなお人柄、斜里にあるご自宅の居間の壁には、綺麗《きれい》なキャンディ等の包み紙で折ったチョウが飾り付けられていた。創意工夫で楽しく生活しようという彼女の前向きな生き方が、そのまま表れているようだった。

昭和十年宮城県のお生まれで、三十四年四月二十八日に知床へお嫁に来た。あや子さんは、当時東京の中目黒で働いていたが、その月、正田美智子さんが皇太子妃として馬車パレードされるのを目にする。もう、きれいでねえ、よし、私も、もさもさしてらんねえ、やっぱり結婚だと思ったのよ。それからの行動のスピーディーなこと。もともと結婚のための準備はしていたが、生まれ育った土地周辺の、「嫁ぎ先候補」にはどれも物足りなさを感じていた（私が勝手に推測するに、彼女にとって、きっとわくわくするような「冒険性」が足りなかったのだと思う）。親戚《しんせき》筋でもあった斜里の開拓農家で、花嫁を探しているという話を、受けることにする。相手の人はね、写真見ただけなの。でもほら、斜里の斜っていう字の中には、米でもなんでも量る一斗枡の斗って字がある。よし、こういう字の土地ならだいじょうぶだ。私が行ってもだいじょうぶ、って思ったのよ。それで決めたんだ。あや子さんには、どこか、大陸的なスケールがあるのだ。当時斜里・ウトロ間にはすでにバスが走っていた。ウトロで、舅《しゅうと》となる人に迎えられ、門間家のある幌別《ほろべつ》へ向かった。門間家では花嫁を迎えるため、家の中から直接入れる風呂場《ふろば》等を新設して待っていた。ちなみに開拓団それぞれの家はみな、自分たちの手で建てたものだ。自家用の風力発電機（この写真には感動する）もそれぞれ自分で作った。あや子さんの夫となる輝男《てるお》さんは、ご長男で、そのご両親、妹さんたちと住んでいた。新しい生活が始まった。

私、働くとき、男だからね。よく働いたよ。初めて馬に餌《えさ》やりに行ったとき、朝ちょっと遅れたんだね、いつもより。そしたら馬はもうぐっと前に出てた。そして私が餌箱へ餌取りに行こうとその前を通ると、私の腕さ嚙《か》んだんだ。

ええっ。痛かったですか。

ううん、そんなもん、痛くない。服の上さだったから。で、私、三十分くらい、馬に話したの。おまえな、おれは朝から用事さしてやっとこ餌やりに来たんだ。おまえの餌取りに行こうとしてたのに、それを何で嚙む、ってな。そしたら馬は、フイフィーンって、隅っこに行って小さくなるの。馬は、人が言ってること分かんのよ。

賢いんですね。

賢いよう、頭いいよう。それから、私が餌やりに行くたび、フィフィーンって、嬉《うれ》しそうにすんだ。一度、餌なくて、うちのお父さんと朝から草刈りに行くのに、馬も連れていったの。草刈り場で、食べさそうって。そしたら馬、朝飯食べてなくて腹減ってるもんだから、走ろう走ろうするの。そしたらお父さんが、おまえ、馬乗れって。鞍《くら》も何にもつけてない馬によ。で、私乗ったの。お父さん、自分は乗れないからね。そしたら馬が走るの。走る走る。馬も、腹減ってるからね。必死だわね。石っこいっぱいあるとこじゃ、落ちたら危ないから、やっと石っこさないとこ来たとき、私、馬と話できるからね。おまえね、って言って。私降りるげども、踏まんといてくれよ、って。それで降りたの。馬、踏まんかったわね、私のこと。命がけですねえ。そ。どっちもね。馬は馬、人間は人間で命がけ。ヒグマは出ましたか。畑してるときね、夕方になって、風防の中で目玉が二つ、光るの。こりゃ、あれだって。で、私、縄を振って(投げ縄のようにブンブン振る仕草)大きな声で歌、歌ったの。家帰って、クマ出たよ、って言ってたらば、次の朝、畑のニンジン、やられてたね。でも、向こうも利巧だし、人間を怖がってるから、そんなひどいことはしないのさ。

人間も馬もクマも、生きるエネルギーが火花を散らしているような鮮やかさだ。

私と舅が、近くの小川にかます(藁《わら》むしろの袋。穀物や茸《きのこ》とかも採りましたか。

飼料などを入れる）を晒《さら》しに（洗いに）行った時のことさ。小川の近くの木の幹に、こーんなにびっしり（と両手を上げる）まいたけがあったんだ。ほー、まいたけまいたけ、じいさん、まいたけ見つけたときゃ、踊らなきゃなんねえ、したらばまいたけ、喜んで来年も出てくるべさって、私は踊ったんだぁ。まいたけぇ、私、唄っこ歌うし、踊りさ踊るから、見とくれね、って。したらばまいたけ、次の年も出てきたの。身振り手振りして話してくださるあや子さんの嬉しそうな顔。その時の興奮が、こちらにまで伝染して私もすっかり幸せになる。あや子さん、今年はぜひぜひ一緒に茸を見に行きましょうよ、と約束を取り付ける。秋になったら羅臼《らうす》山から、お月さんが出てくるよ。ほんっと、まんまるこい、こんな、手に取れるような、まんまるこいお月さんだよ。そう言って、あや子さんは、片手で月を受ける仕草をする。私は羅臼岳から昇ってくる仲秋の名月、という図が、知床の清澄《せいちょう》な秋の夕暮れの空気ごと、目の前に浮かんでくるような錯覚を起こした。そのくらいあや子さんの仕草は臨場感にあふれていた。本当に、お好きだったのだ、あの土地が。

あや子さんのご紹介で、ご近所にお住まいの渋谷さんにもお話を伺うことができた。渋谷匡一さんは昭和九年生まれ、二十歳の時にイワウベツの、五湖のすぐ近くに入植された。うちは男手が三人ありましたから、何にも別段苦になりませんでした。春になったらアイヌネギ（ギョウジャニンニク）やヤチビキを採って……。ヤチビキ？　そう、フキに似た葉っぱで、黄色い花を咲かす、あれはお浸しにしても、おつゆに入れてもいいし……。そりゃ寒かったし、大変なこともあったけど、楽しいこともいっぱいあったね。

人間って、行ったとこで、生きていくなりのこと。あや子さんがぽつんと呟いた。

「この旅」に戻ろう。

その日泊まることになっていたホテルは、町の中心を離れ、イワウベツ・ホロベツ寄りの海岸線に面して建っていたので、客室の大きな窓からは打ち寄せる波が眼下に見える。勢いよく岩礁《がんしょう》にぶつかった波から、真っ白な飛沫が高く上がり、泡立って広がり、白いままで道路下の壁で行き惑うので、海岸線から数十メートルは雪原のように白く、ところどころ黒い岩が突き出ている。その突き出た岩に波がまたぶつかり、飛沫を生み、ということの繰り返しだ。一日中この荒々しい海を間近に見るには絶好の部屋だったが、翌朝も（遠足モードの私は）早くから起きだして、朝食までの間を窓辺で過ごした。

オオセグロカモメやミツユビカモメたちが、曇天の荒れる海の上を、意気揚々として飛び回っていた。激しい風、霙《みぞれ》交《ま》じりの雪、荒れる天気と大型のカモメたちは本当に似合っている。彼らの荒ぶる遺伝子が、いかんなくその特性を発揮して、生の讃歌《さんか》を歌わんばかり。人間にも、大航海時代や戦国時代に生きていたら、思う存分その生を燃焼できただろうに、というタイプがいる。生物が自分の適性に合った環境に恵まれる、ということは恩寵《おんちょう》以外の何物でもない。
「渡り」は、その環境を追い求めての行動でもあるのだろう。定期的に渡りを繰り返す生物には、毎年ある時期が来ると、ここではない、もっと違う場所へ、という衝動が生まれる。そして、その場所は、自らの記憶にあるどこかなのだ。それは結局、「帰りたい」、という衝動なのか。自分に適した場所。自分を迎えてくれる場所。本来自分が属しているはずの場所。

朝食後、迎えに来てくれたHさんの車で、再びイワウベツ方面へと向かう。車を降りてしばらく歩く。半島の断崖《だんがい》沿《ぞ》い。海からの風をまともに受ける場所のクマザサは、そうでない場所に生えるクマザサと較べ、風の抵抗を小さくするためか、別の種ではないかと思うほど、葉が小さい。「避寒のためどこかへ渡る」ということが出来ない植物は、そうやって自分の住む場所に自分自身を適応させていく。

ほんの一〇〇メートルほどの違いで、同じ植物なのに、こんなに大きさが違うんです。

いつも感服するのは、途中の森の中で、何を訊《き》いても、Hさんが的確に答えてくれることだ。枯れた色ばかりの森の中で、僅《わず》かに緑色を残す、ロゼット状の植物を見かけ、訊くと即座に、それはナニワズです。知床の森という「場所の専門性」がとても高い。まるで狩りをしないマタギのようだ。

オオワシは、だが、なかなか現れない。風は吹き荒《すさ》び、断崖は容赦なく切り立って、英国のセブンシスターズや、アイルランドのモハーの断崖を思わせた。体もすっかり冷え切ったと思われる頃、

ああ、来ましたね。

Hさんが後方上空を指さす。

オオワシが数羽、風に乗って飛んでくる。翼を大きく広げたまま、まっすぐ前方を指して身じろぎもせず上空を通り過ぎていった。それを皮切りに、次から次へとオオワシが現れ、現れてはあっという間に去って行き、見えなくなった。上空ではすごいスピードなのだろう。

後に調べてみると、私たちのいたこの時間、斜里の最大瞬間風速は九メートル以上

を記録していて、その日の最高値に達していた。崖《がけ》の真上を吹く風は、もっと強かっただろう。ずっと風を読んでいたオオワシたちは、この風を捉《とら》まえて、一斉に千島方面へ向かったのだ。

あの、僕たちもカフェ、つくったんです。

とHさんから聞いたのは、前日の移動中の車の中だった。私が最近、新作の取材にあちこちから情報を集めていた、「カフェ経営」の話題を、何気なく口にしたときだった。偶然に驚きつつ、ちょうど取材の一環にもなることだし、と、翌日の昼食は、ぜひそこで、とお願いしてあった。それで、オオワシの千島行を見送った後、その「カフェ」へ向かったのだった。

場所は斜里町の峰浜。国道沿い、海側に元からあった建物を生かし、できるだけお金をかけないで改装した、というその店内は、海に向けて大きくとった窓が明るく、窓辺にはスコープや双眼鏡が置いてあり、暖炉に火が入っていた。冷えた体に有り難かった。他に余分なものがなく、シンプルで、とても感じがよかった。お金をかけた場所が的確だったのだろう。

ウェイターは、僕たちガイドが、交代で出ているんです。

だから、ウェイターとしては初々《ういうい》しい（そこが魅力なのだろう）けれど、なんといっても、今、そこで飛んでいる鳥の名を、彼らにすぐに教えてもらえるという、私のような知りたがりの人間にはこれ以上ない快適さなのであった。もう少し自宅から近ければ、きっと入り浸っていたことだろう。私が頼んだメニューはタラコのスパゲッティだったが、羅臼から直《じか》に入手するというタラコがふんだんに入っていて、これが新鮮でおいしく、ここで力を入れて書くのもなんだけれども、値段もとてもリーズナブルなのだった。ジンジャーエールは、生のショウガを使ったこの店のオリジナルで、調理を担当している方の研究熱心と「やる気」が、そのままエネルギーになって伝わってくるようだった。できるだけ地元の食材を使ってやっていく。私の考えていた「カフェ」の形が理想になって現れたような店だったので、すっかり感激して、「また来ます」、と宣言しつつ、店を後にした。思えば、Hさんたちも、門間さんたちと同じように、内地から「渡って」ここへ移り住み、働いて、家族と共に生活を営んでいるのだった。

国道を走っていると、Hさんが突然車を停めた。

真上をオオワシが通過していきます。

見上げると、本当にすぐ頭上を、オオワシが飛んでいくところだった。風切り羽の開き具合や、尾羽の張り具合がよく見える高さ。右翼次列風切りの一部が切れている。あ、グル、と思わず呟《つぶや》く。十年もの間、諏訪湖に「渡り」続けるグルの右の翼に、同じ「欠け」があるのだ。これは、昨日のオオワシの幼鳥が、カムチャツカで見た巣立ち前のそれと、同一個体か、というより、限りなく「当たり」に近い気がする（が、話が出来過ぎている。自分で見たのでなければ、思いつきもしないわざとらしい話だが、本当なのだから仕方がない）。

帰宅した後、グルの写真を確認し、間違いないと思って、諏訪の林さんに連絡した（林さんからは折り返し、ご友人が撮られたという、いろいろな角度からのグルの写真が送られて来、私はまたそれをHさんに「見かけたらぜひご連絡を」と指名手配写真のように回した）。

例年グルがやってくるのは十二月の下旬から一月の初旬。十一月の下旬にかかろうとする今、知床方面を南下していった、というのは、どういうことだろう。仮にあれがグルであるとして、例年どおりに現れるのだったら……（実際グルはこの年、十二月二十四日、クリスマスイブの日に諏訪湖に飛来したそうである）。

さあ、出発しよう、というときの衝動は、「帰りたい」という生来備わっている帰《き》巣《そう》本能とほとんど同じもののような気がしてならない。

生物は帰りたい場所へ渡る。自分に適した場所。自分を迎えてくれる場所。自分が根を下ろせるかもしれない場所。本来自分が属しているはずの場所。還《かえ》っていける場所。

たとえそこが、今生《こんじょう》では行ったはずのない場所であっても。

註

ハヤブサ　タカ目ハヤブサ科　全長四十四センチほど　本来海岸などの崖に営巣《えいそう》し、上空から急降下して獲物を仕留める。近年は都会の摩天楼に営巣し、ドバトを狩る同種の話もよく聞く。エジプトのホルス神はハヤブサの神なので、目の下から頰にかけて、ハヤブサらしく、黒い斑《はん》がある。エジプト・エドフのホルス神殿で、ホルス神の神像を間近に見て、顔にそのハヤブサ特有の斑の浮き彫りがあるのを確認したとき、太古、人と鳥はもっと近しく親しかったのだと感慨を新たにした。

ノスリ　タカ目タカ科　全長五十五センチほど　止まっているところはずいぶん寸足らずで、顔も丸いように見える。よく開けた野原で、ホバリングして獲物を狙《ねら》っている。ホバリングしている翼の下を見上げると白っぽい。シダ植物のウラジロを思い出す瞬間である。

知床半島の上空を、雲はやがて

本章は、季刊誌「考える人」二〇一一年冬号に掲載されたものです。

今年、二〇一〇年の日本は、この小さな島国すべての生物の、生きる力を試すかのようなすさまじい暑さに見舞われ、九月の中旬までその猛暑日の記録更新が続いた。下旬に入ると気温は一転して急降下、それから激しいアップダウンが数日の周期で繰り返され、普段なら安定した秋に移るはずの、十月に入ってさえそれは変わらなかった。

この三月、元知床開拓団の一員で、斜里にお住まいの、門間あや子さん、渋谷匡一さんに、秋になったら茸狩りに連れて行ってもらう約束を取り付けていた（拙著『渡りの足跡』に、書き下ろしで入れた最後の章に、この間のことを記した）。そろそろ、と思って彼女たちに連絡を入れてもらった。「覚えてらっしゃいましたよ」。間にたって下さったのは、駿河台大学現代文化学部の平井純子准教授。昨年まで知床自然センターに勤務されていた平井さんは、当時お子さん方も斜里町に山村留学させていた。私があや子さんたちを知ることができたのも、そもそも彼女の紹介だったのだ。もちろん平井さんと知り合いになれたのもいくつかの仲立ちがあってのことだ。「世の中」というものは、目の前に水平に広がっている分かりやすい世界にその在り処を持つものではなく、本当はどうも、普段は見えないが手を伸ばした先に芋づる状に存在しているもののようだ、というのが今まで生きてきたなかでのしみじみとした実感である(そして今回また、そのつるの先はさらに伸びたのだった)。

吉報にはけれど、続きがあった。例年なら確かに今頃が茸狩りの時期なのだが、今年は気象が例年とはずいぶん異なった運行の仕方をしたせいか、一ヶ月それは早まって、もう九月にはあらかた取り尽くしてしまった、それでもよければ、とのこと。茸のことは残念だが、お会いできることはうれしい。しかも平井さんと、去年あや子さん宅にも同行してくれた編集者Sさんの三人で行けることになった。喜んでいたら、出版社から文章の仕事が追加され、カメラマン氏も同行してくれることになった。私的な旅行が、急に仕事のニュアンスを伴うことになったのだ。私はかまわない。こうやって思い起こしながら書くことで、同じ場面を二度三度生きるような醍醐味が味わえるから。けれど、どうしよう、あや子さんたちは、この成り行きを不自然に思われるのではないか、と戸惑っていたら、「なーんとも思ってない。あや子さんは、なんでもどんとこい、です。カメラマンさんがいらっしゃるの、うれしいくらいのようですよ」と、平井さんの闊達な声。あや子さんのおおらかさからいくとうなずける反応だった。平井さん自身も、かわいらしさと豪放さが同居しているような人である。なんだ、カメラなんか怖がるのは今どき私ぐらいのものだったのか、と自分を少し、省みる。

出発前の天気予報では、どうも北海道は雨らしい、ということだった。雨具を準備しながら、予報が外れることを祈った。

早朝、平井さん、Sさんと羽田で落ち合い、女満別空港へ向かう飛行機に乗る。女満別空港ではすでにカメラマンのA青年が待っていた。

――この清々しい空気！　やっぱり北海道ですねえ！

みんなで気持ちの良さを感嘆しあう。空港でレンタカーを借りる。四人とも運転はできるが、土地勘に優れている平井さんにドライバーをお願いすることになる。空は曇っている。けれど雨はまだそれほど降っていない。多少小雨がちらつく程度だ。車は紅葉の――といっても、赤はほとんどなく、明るい黄色の透明感のある紅葉なのだが——始まった森を抜け、海岸部に出、斜里を目指す。平井さんの明るく元気な解説で、なんだか遠足モードだ。

北方の曇り空を背景に、沿道の緑の藪、濃いピンクの花が、点々と咲いている。最初は季節外れのハマナスかな、と思っていたが、こうも集団で咲いていると、一つ二つの「うっかり」とも思えない、別種の花かとも思い、

——このピンクの花……。

と、運転している平井さんに問いかけると、

——あ、ハマナスですね。

——やっぱり。ハマナスって初夏に咲く花って印象が強かったから、違う花かもって思って。

——変ですよね。この夏はおかしかったから。

平井さんがうなずく。

集団で「狂い咲き」すれば、それはもう、「狂い咲き」ではないのかもしれない。それがいつか常態になれば、本来の季節に律儀に咲く花の方が、異常扱いされるのかもしれない。「自分は右でも左でもない、真ん中にいたはずなのに、世の中がいつの間にか一斉に右寄りになったので、結局左に位置しているように目される」と苦笑さ

れていたある作家の言葉を思い出す。

やがて前方にタカ柱らしきものが見える。トビが数羽、ホバリングしながら、らせん状に上昇気流をたぐっている。こういうものの下に、川が流れていることが多いので、そういう心づもりでいたら、前方に橋が見えてきた。ヤンベツ川だ。釣り人がいっぱいいる（河口はともかく、川に沿っては一応、法的にはできないことらしい）。側道に車を止め、降りると、すぐそこの海から遡上してくるシロザケ、体力を失ったシロザケの死骸、それに群がるオオセグロカモメ、等で、なんだか常ならぬ雰囲気だ。にぎやか、といっていいのか異様、といっていいのか。

漂うサケの死骸は、まだ原形をとどめているもののどこか虚ろで、岸辺に寄せられてきたとりわけ迫力ある面構えの個体に、これもまた悪相のオオセグロカモメが寄って来て、軽くつつく。そこへもっと凶悪そうなオオセグロカモメが、なんだなんだというように近づいてくるが、仲間が何に反応したのか見れば気がすんだのか、それ以上寄ることもなく、去っていく。

知床の川の河口は、どこもあっけないくらいにさりげなく海につながっている。山を駆け下りてきたらすぐ海なので、平野部を流れる川の河口部分のような、悠々としたところがない。山稜に刻まれた筋に従って流れる水が、そのまま海に入って行く感じ。それでも（カラフトマスに較べたら）律儀なシロザケは、この狭く浅い生まれ故郷の川を忘れずに帰ってくる。

そこに文字どおりの無法者たち、人間やカモメやヒグマ、さまざまな生きものが関わってくるのだ。

斜里町の外れにある、門間さん宅に向かい、久しぶりであや子さん、渋谷さんとお会いする。あや子さんが時間を勘違いされていて、直前まで連絡がつかない、というハプニングがあったものの、彼女の笑顔に迎えられるのはうれしい。温かい方なのだ。以前、お電話で「またおいで。なーんにも持ってこんでええよ。元気だったらそれでええの。元気がおみやげ」と言われたときは、なんだかじんとしてしまって、返す言葉もなかった。あや子さんは、昭和十年のお生まれ、渋谷さんは昭和九年のお生まれだ。

変な夏だった、イモ類はみんなだめだった、もうマツタケもマイタケも終わった、茸はないよ、と淡々とする渋谷さんだが、別にマツタケやマイタケでなくてもいいんです、私、食べられない茸だって（それは食べられたらそれに越したことはないし、可食不可食は茸の属性のなかでも大きなものだと思うが、森の生態系のなかでの茸の魅力総体に較べれば大したことではない）大好きなんです、だからぜひ、と、まるでごり押しの悪徳セールスマンのように迫る。ハタケシメジでもあればいいなあ、と、横からあや子さんがさりげなく助太刀をする。けれど、明日は雨らしいよ、と渋谷さんは悲観的だ。では、天気が良かったら。そうだね、天気が良かったら。

翌日、天気は悪かった。

——雨が降っているから、渋谷さんは行かないっていうかしら。

皆で心配して、平井さんが代表で電話をかけた。話しながらにっこりとこちらを振り向く。

——すっかり行く気になってくださってますよ。

思わず、わあい、と小さく声を上げる。

前夜から平井さんの紹介で、斜里町の郊外、高台にある小島さん宅に御厄介になっていた。周囲に人家の見えない、遠く海を望む、森に接したロケーションのお宅。小島夫人のおいしい食事とお酒で、平井さんはすっかり実家に帰った娘のようにくつろいでいた（カメラマンA氏も）。

子どもたちが年々歳々少なくなる斜里の小学校が、山村留学制度を取り入れたのは、二十年近く前横浜に住んでいた小島夫人が直接町役場に相談したことがきっかけだった。自然の豊かなところでのびのびと子どもたちを育てたいと思われたのだった。婦唱夫随で——結局は妻子を思う愛の力で——小島夫妻は子どもたちが巣立ったあとも、雄大な自然とおいしい食物に囲まれながら斜里に居を構え続けている。「小島さんが道を拓いてくれたんです」と、山村留学（お子さんが、だが）を満喫した平井さんは述懐する。

小島さんにも平井さんにも、やりたい、と思うことを夢だけに終わらせない行動力と実行力があるのだ。すでにある共同体のなかに、よそ者として入って行くこと。その困難と喜び。ここでしか生きていけない、という消極的な理由ではない。ここに生きる、と積極的に選択した結果の生活。新しい形の「開拓者」。

小島さんの家の裏山は、カラマツの森だ。あや子さんと渋谷さんとの約束は、お昼過ぎからなので、雨が降ったりやんだりを繰り返す午前中、その林に入って皆で茸を探す。白くて小さい茸が群生している。茸というものは、一旦その存在を脳が目から画像として取り入れ、その形状と周りの落ち葉や腐葉土との違いを見分ける精度を上げることができると、とたんに発見しやすくなるものだ。いわゆる「きのこ目になる」のである。

——おお、こんなところに、いっぱい。

きのこ目になった皆の歓声があちこちから聞こえる。その勢いで、カラマツ森を出ると、小島夫妻の先導で、自家菜園の畑の横にある小道を、皆一列になって沢の方へ降りていく。

小道はシラカバの混じる雑木林を縫い、クレソンの自生する小川に達する。これは、昨夕、エゾシカのカルパッチョといっしょに出てきた生きのいいクレソンだ。途中、茸をいくつか、見つける。毒はあるけどうつくしいベニテングタケも。

帰り道、自家菜園の横の莚の辺りに、とても大きなノウタケを見つける。最初偶然、私が足で踏みつけ、すさまじい茶色の埃が立ったのだ。それを胞子と気づかず、カビか何かかと勘違いし、すごいなあ、と言いつつ、足元を見て、もしや、と思った。ほとんどパンのような大きなノウタケだった。よく見ると、そこここでたくさん見つかった。ノウタケは、焦げ茶色のスフレみたいな茸で、中身が白いときは食べることができる。けれど前日から雨続きで、それはたっぷり水を吸い、もう食用には適さなかった。代わりと言っては何だが、別の場所で、マッシュルームのような形状の、ホコリタケの幼菌がいくつか見つかった。これは生食できる。だいじょうぶだから、と太鼓判を押すと、こわごわ口にした皆も、

——なんと、濃厚な茸の風味！と驚いてくれる。それを聞くと、まるで自分がホコリタケの親になったように得意で、うれしい。

お昼はこれもまた平井さんのお知り合いの漁師さん、加藤さん宅へ。斜里の海に面したお宅で、奥さまのおいしい手料理をごちそうになる。中でもホッキガイはそれ専門の漁師さんだけあって、今までに食べたことがないほど、柔らかくて味わい深い。エチゼンクラゲ、今年はどうですか、と訊くと、暑過ぎて、むしろ繁殖が抑えられたのではないか、今年はまだ発生しているとは聞かない、ということだった。異常気象による異常発生が、さらなる異常気象によって抑えられたということだ。複雑な気持ちである。

——この間、シマフグが網にかかって。最初こりゃなんだって、熱帯魚みたいって、分かんなくて、図鑑で調べてシマフグって分かった。

シマフグは、相模湾以南に生息する、色鮮やかで奇抜な文様の魚だ。本来なら知床の辺りにはせいぜい死滅回遊魚として黒潮の支流にのってくるくらいなのに、海水の温度が高いため、生きたまま斜里の海まで流れ着いたのだ。

――バケツに入れて、みんなに見せたら、子どもたちが喜んで。

遠方から珍客がきた。そういう楽しさだったのだろう。

現在進行形で起こっている、この気候の異変は確かに深刻で不気味だが、こういうささやかな楽しみがあることも、「きちんと」認めたい。異常は異常として「きちんと」憂い、そのおまけにちょっぴり楽しみを見つけたら、遠慮なく味わう。でなくてどうしてこれからの長い「終末」を生きていけるのだ……。斜里の海岸では、この春、昆布が大量に打ち上げられ、それ自体異常であったのだが、質のいい昆布で、みな思い切り楽しんだそうだ（私も保存してあったそれをお相伴に与かった）。

午後、いよいよあや子さん、渋谷さんたちと東京組四名、小島夫妻が合流、渋谷さんのナビゲーションで、平井さんも一度も通ったことのないという、途中から舗装も切れている山間の道を行く。

大気は何とか雨を持ちこたえているけれども、霧がところどころに立ち現れ、まるで雲霧林のような気配。途中、幾度か車を止めて、ヤマブドウや栗の木に生えていたヌメリスギタケモドキなどを採取する（味噌汁にするとだしが出ておいしい）。必ず先陣を切ってどんどん対象に向かってダッシュしていくのは小柄な渋谷さんだ。家のなかでお会いするときの、静かな佇まいからは想像もつかない、その素早さ、力強さ、バランス感覚の良さ。あっという間にササ藪の土手を下りて(足元が全く見えないので、どこで傾斜しているか分からない。私なら確実に、二三歩踏み出したかと思うと、わあっと声を上げ、足を滑らせて全身すっぽりとササに埋もれてしまう、そういう見るからに)技術の必要とされる場所も、まるで自宅の裏山を駆けるような気軽さと身軽さで、難なく通過して、あっというまに栗の木の場所まで到達し、つるつると木を登って行く。すかさず小島さんが後を追いかける。小島さんは背も高いので、クマザサに埋もれる心配はなさそうだ。身ごなしにも、やはり知床の山林生活の蓄積が垣間見られる。高いところにあるヌメリスギタケモドキを、小島さんに肩車された渋谷さんが採る。新旧の開拓者たちの協力。

道に戻り、しばらく歩くと、

——この辺から入りましょうか。

独り言のように呟いたかと思うと、渋谷さんはさっさと一人で山のなかへ入って行かれる。その移動速度の速さ。私が身の丈ほどもあるササに行く手を阻まれ、なんとか一歩を踏み出す間に、渋谷さんは数十メートル先を一人行軍している。遥か彼方でササ藪が動くのでそれが分かる。「渋谷さーん、待ってくださーい」。情けない「にわか山弟子」はときどき大声を出して、迷わないようにする。後方の一群に場所を知らせるため、ときどき振り向きながら手を上げて、「ここですよう」と声をかける。

渋谷さんのいる斜面の下の方から、北海道特有の秋の、深い森の匂いが、一瞬、風に乗って流れてくる。カツラの枯れ葉のような甘さ、マツの類の香の清冽さ、サケの死骸が土に還っていく寸前のような安心感、茸やヤマブドウの実が生まれてくる、朽ちていく、分解されていく、発酵する、それらが湿り気と、すぐにそれを相殺する乾いた風の繰り返しで、なんとも透明感と深みのある凛とした空気を醸し出し、何かの加減で、それが大気に紛れ消え去る前に一筋、ふっと鼻孔をかすめることがあるのだ。明るいもの哀しさ、と呼びたいような、秋の豊穣。

やがて、湿った枯れ草や落ち葉の間にラクヨウ（ハナイグチ）が見つかる。かなりの勾配の斜面だから、小さなあや子さんは、ほとんど地面に眼を近づけんばかりにして先に進む。まるで土と会話を紡いでいるようだ。

——ほら、ここにもラクヨウだ。ラクヨウはたいてい、何本か直線で並んで出てきて、それから直角に曲がるんだ。だから並んで出ているな、と思ったら、横を見ればいい。また見つかるから（フェアリーリングならぬ、L字型に群生する、ということ）。

──毒があるかどうか分からんときは、猫に食べさせてみればいいんだ。毒のある茸は、猫、食べんからね。ぷいって、行っちゃうからね。
自然のなかで生きる手段を探り、学習して積んできた教養。

この前夜、小島さん宅で、ちょうど放映していた「戦後開拓を知っていますか」という全国ネットのテレビ番組を見た。北海道各地で行われた戦後開拓について、概ね、「大変な難儀ではあったが、それを乗り越えてやってきた」、という内容であったのに、知床の部分だけ、冒頭でナレーターがはっきりと「失敗例」という言葉を上げた。あまりにすさまじい自然の猛威に、開拓民は音を上げて退散した、というニュアンスなのだ。渋谷さんが司会の女優をエスコートして開拓地跡を案内しているところも映っている。開拓の最大の障害である大岩や木の根、耕地に適さない土壌。画面はそれらを執拗に映し、その「不可能さ」をアピールする。しかし彼らは自分たち自身がそれに身を添わせるようにして、みごとに生活の糧を得続けてきたのではなかったか。「つらいことなんてなかったです。当たり前の苦労と思っていた。バッタの大襲来なんてのもなかった。山では楽しいことがいっぱいあった。それも言っていたのに、テレビでは全部削られていた」。そのテレビ番組が話題になったとき、渋谷さんが呟いた。

ほとんどの住民が大変ななりに山の生活を充実したものと感じていた。だが国立公園化で行政から立ち退きを迫られ――苛酷で手つかずの大自然、というのを売り物に観光地化しようとしているのに、のんびりした生活実態が自然観察路から垣間見られるのはまずいのではないか、という本音が、どうも窺われるのだ――みな刻苦して耕した畑を手放し、慈しんだ土地を退去せざるを得なくなった。そういう事情をほとんど無視して、行政は「開拓者も逃げ出すほどの厳しい、まるで人の手の入っていない大自然」というイメージをつくりあげた。知床五湖の立て看板には未だにそういう説明がしてある。この番組もその路線に乗ったものであった。開拓当時の渋谷さん一家の写真の服装が、上等過ぎてイメージに合わない、とスタッフに苦い顔もされた。「楽しいこともあった開拓」を、どうして認められないのだろう。憤然として呟く「失敗例、って何？」。喜びと苦労が縒り合された個人の生活の思い出を、「失敗例」と言い捨てる権利は、私たちの誰にもない。

私は前日栂嶺レイさんと電話で話していた（栂嶺さんは気骨のある医師で写真家。彼女の写真文集『知床開拓スピリット』に、一連のことが詳しく書かれている）。この番組は、北海道限定で、以前に一度、放送されたことがあったらしい。彼女も取材協力者として名を連ねていた。既にその放映を見ていた栂嶺さんの怒りを、私は正しく理解した。

一旦藪を出て、車の止めてある道へ戻る。

霧の中から、若いエゾマツの姿が立ち現れる。枝という枝が、透き通った真珠のような露を、まるで銀のクリスマスイリュミネーションのように纏っている。抱える空気の、その聖人のような静謐さ。だが雲は厚く、陽の光は届かない。昨日からずっとそうだった。

——これみーんな、持って帰んなさい。

車に乗る前、あや子さんはニコニコして言う。

——え、でも……。

——ええんだよ、遠いとこから、せっかく来たんだもん、あんた。

あや子さんも渋谷さんも、まるで獅子奮迅の働きで、ひとときも休みを取らず、脇目もふらず、ただひたすら茸を集めて下さっていた。それが、全部、「私たちのため」だった、と知り、胸がいっぱいになる。

——そんな……。

お礼も満足に言えない。

側道の向こうに広がる、斜里市街を見はるかす景色に、皆でそのまま見入っていたときだった。

——あれ、あそこ少し明るくなっていない？

雲の薄いところが白く発色していた。それが見ているうちに次第に広がっていく。ほんのわずか、雲が切れ、太陽が見えた。

世界が、あっというまに生気を取り戻してゆく。空気が、重荷を下ろしたよう。

久しぶりの太陽だ、と思っていたら、

——ああ、おてんとさまだぁ。やっと、やっと、出てきてくれたあ。

それまで曲がっていたあや子さんの腰が、喜びの声とともに、ぐんぐんときれいに伸びて、あや子さんは太陽に顔を向けた。陽に焼けた顔がきらきら光っている。両手を太陽に向けて伸ばし、

——おてんとさまーっ、ありがとさーん。

と満面の笑顔で叫ぶ。まるで生き別れた大好きな友に出会えたかのように。それから、皺だらけの、曲がった、小さな手を合わせる。

荘厳、といってもいいような瞬間だった。

いっしょに手を合わせながら、「私はあや子さんがほんとに好きだ」、と呟く。

冷夏の年には、太陽の出る出ないが死活問題だったのだろう。太陽は、いくら礼を言っても足りないほどの、そう、神と言ってもいいほどの存在だったのだ。そのことは、私の日常からいつの間にか乖離していた。雨も、風も霧も、みな、必要とされ、過ぎれば脅威も与える。それが自分の生命を左右するものだという、その、生物として当たり前の感覚が、乖離していた。

茸は、どうでもよかったのだ、本当は。

私は、彼らといっしょに野に在って、同じように這い、同じように喜び、この大地を経験したかったのだ。

まだ弱々しい、優しい陽の光が、雲間からうすい雲霧を通して大地に降り注いでいる。やがて次第にその面積を広げ、霧は晴れていき、緑は鮮やかさを取り戻していく。その連動で、風がそっと吹いてくる。大地が、しばしの安堵と、ため息をつく。

解　説

野田研一

はじめに

他者とともに、他者の世界へ向かう試み。それが延《ひ》いては自己へ向かう試みであること。そのこの上なく明晰《めいせき》な自覚、がここにある。他者認識と自己認識は異なる出来事ではない。動物という他者をめぐる思考、そして自然をめぐる思考は、つねに人間とは何かを問い返す思考である。そして世界とは何かを。

『渡りの足跡』(単行本は二〇一〇年刊)は、梨木香歩氏の単行本化されたネイチャーライティング作品としては二作目に当たる。一作目は二〇〇六年に刊行された『水辺にて　on the water/off the water』である。梨木氏のノンフィクションエッセイ集には、ほかに『春になったら苺《いちご》を摘みに』(二〇〇二年)と『ぐるりのこと』(二〇〇四年)があり、また最近、『エストニア紀行——森の苔《こけ》・庭の木漏れ日・海の葦《あし》』(二〇一二年)も刊行された。

これら五作に及ぶエッセイ作品のいずれもネイチャーライティング的な要素を色濃く内包しているが、なかでも、『水辺にて』と『渡りの足跡』は、ネイチャーライティング的な主題の選択と方法意識においてきわだつ作品である。『水辺にて』で、私たちはカヤックを操る梨木氏にいささかならず驚き、『渡りの足跡』では、きわめてプロフェッショナルなバードウォッチャーとしての梨木氏に出遭うことになる。本書は、二〇一一年に読売文学賞（随筆・紀行賞）を受賞した。選考委員の池澤夏樹氏をして、「日本のネイチャー・ライティングはここまで来た」と言わしめたことはまだ記憶に新しい。

梨木氏の自然への強い関心は、その根源的な他者性の認識にある。そのような他者と遭遇し、接触し、交感する――この一連の出来事がこの作家にとっての〈旅〉となる。『渡りの足跡』は、このような他者に向かう〈旅〉の「足跡」にほかならない。心に残った作中の二つの言葉――「忖度《そんたく》する」と「案内する」――を軸にこの作品の魅力について考えてみたい。自と他が交叉《こうさ》する、その場所を名指す言葉たちである。

忖度する

ネイチャーライティングは、一般的に「自然を主題とするノンフィクション・エッセイ」のことを指す。(この場合、フィクション作品つまり小説や詩、演劇などは排除される。)『水辺にて』も『渡りの足跡』も、その主題、そしてノンフィクション性から考えて、その規矩《きく》にぴったり対応している。ただし、ネイチャーライティングが、自然科学系の文章と袂《たもと》を分かち、文学作品であるとされる所以《ゆえん》は、後者が自然に関する客観的な情報にもっぱら焦点を当てる(そして主観性を極力排除する)のに対して、前者では、書き手の主観的な反応が重ね書きされる点にある。客観性すなわち自然科学的知が無視されるわけではない。そうではなく、客観性と主観性が二つながら在り、かつ縒《よ》り合わされる世界。そこにネイチャーライティングというジャンルの本質と展性が隠れている。なぜなら、そこには二つの異なる視座による対立と葛藤《かっとう》が生まれるからである。主観が客観を問い、客観が主観を問う関係である。

たとえば、次のような何げないオジロワシの描写。

> 成鳥らしく、薄い褐色で頭部は白っぽい頭巾をかけているようにすがしく、派手でない黄色い嘴《くちばし》が更に存在を引き締めている。そうして首を動かすたびその渋い嘴は、真横から実に堂々と見えたり、斜めから少し心細そうに見えたり、正面から素っ頓狂に見えたり。やがて……。(「風を測る」、傍点引用者、以下同)

　ここに〈描写〉されているオジロワシは、自然科学の目によるものではない。それは、《そのように（私に）見える》世界であって、書き手の主観性が大きく投影されている。書き手はオジロワシの風姿を、「すがしく」とか「渋い」とか「素っ頓狂」といったように判読し語る。そのような言語なのである。しかし、このとき、ネイチャーライティングというジャンルに固有の葛藤が始まる。《そのように（私に）見える》世界をそのように描き出すとき、書き手の感受性の表出を介して、言語は自然科学的な〈観察〉の言語を越えてしまうからである。その一事によって、客観性と主観性のあいだに認識論的な葛藤関係が生起する。

　そのような葛藤の意識化が後半に表現されている。《そのように（私に）見える》世界が、「真横」からと「斜め」からと「正面」からとでそれぞれ異なっていることを、梨木氏はユーモラスなまでに強調している。その異なりがある種の恣《し》意《い》性《せい》を示唆し、葛藤の存在を明らかにするからである。興味深いことに、この部分から少し進んだところで、梨木氏は、「オジロワシの気持ちを……あれこれ忖度する」自分の気持ちについて触れている。なぜなら、さきほどのような〈描写〉はたしかに主観的なるものの表出ではあるものの、他者としての動物の内面を「忖度する」ための言語でも

あるからだ。梨木氏はいう。このような「忖度」は、人間に対しては「ブレーキが掛かる」にもかかわらず、

他の種に向かってはもっと積極的に好奇心や、或《ある》いは動物としての自分との共通項をそこに見る「親しさ」、「分かりたい」という気持ちが発動しているのかも知れない。何の気兼ねもなく。

私たちは、この「何の気兼ねもなく」と追補された言葉に、著者の断言を読みとっていいであろう。書き手は、「何の気兼ねもなく」「忖度する」ことを選ぶのである。そのとき、そこに生起する自と他の葛藤が、たんに客観性と主観性のあいだのそれにとどまるのではなく、それを越えて、動物という他者をめぐる想像力の問題に変成する。「忖度する」とは想像力の問題にほかならない。それは明らかに文学の領域であり、私たちは、書き手の、《そのように（私に）見える》世界そのものを「案内人」として、この作品の世界に参入する。ネイチャーライターとは、《そのように（私に）見える》世界を呈示するインタープリター（解釈者、通訳者）であり、「案内人」であるからだ。

案内する

ネイチャーライティングの世界では、まず第一に書き手がその世界への「案内人」である。しかしながら、書き手にとっても「案内人」が存在する。梨木氏は、本書劈《へき》頭《とう》（「風を測る」）、知床《しれとこ》へと同行するH氏を「案内人」と呼ぶこだわりを示している。この、ガイドならぬ「案内人」の注意深い観察と経験の言葉が、梨木氏を先導してゆくのだが、二人のやりとりは、地の文に埋め込まれ、柔らかく、さりげない。じつにほどよい距離感が二人のあいだに存在する。

このほどよい距離感は、新潟県福島潟で偶然出遭った「アマチュアカメラマン」との会話においても再演され（「コースを違《たが》える」）、徐々に章を進むにつれ、多様な「案内人」との関係へと分化してゆく。ホテルのウェイターのさりげないひとこと、オオヒシクイやハチクマの衛星調査報告書、ニセコに住むシーカヤックの漕《こ》ぎ手、空港へ向かう電車の中で偶然隣り合わせた日系二世の人物、長野県の野生傷病鳥獣救護ボランティア。本書における「案内人」の概念は徐々に拡張され、直接的なガイド役のみならず、書物や歴史的な出来事までも含むことになる。そして、ついに私たちは「案内するもの」と題された章にさしかかる。

場所は、ロシア沿海州のウラジオストックとカムチャツカ。ここにはこれまでにない人数の「案内人」が登場する。通訳の女性や運転手から、歴史上の人物である探検家アルセニエフ、その「案内人」であったとされるデルスー・ウザラー、そして現地の鳥類学者など、実在、非実在こもごもである。異国の地では誰もが少なからず「案内人」として機能する。わけても面白いのは、ウスリスク市郊外のウスリーの森を歩くときの出来事だ。「案内人」は、現地の博物館の女性と通訳、そして運転手の三人である。

先導するのは森に詳しい博物館の女性である。しかし、通訳を介しながら異国の森を歩くことは至難の業である。動植物の専門用語に疎《うと》い通訳は、梨木氏と「案内人」のあいだで、辞書と悪戦苦闘する。動植物の同定をめぐって、ロシア語と日本語が往き来する。「案内人」が延々とロシア語で解説したにもかかわらず、通訳はそれをすべてまとめて「マツです」の一言ですませてしまう。軽度のバベルの塔状態だ。だが、このような状態を梨木氏はけっして混乱だと思ってはいない。なぜなら、通訳も運転手も、さらには、このような混乱も、ことごとくがすでにこの森への「案内人」の役割を負っているからだ。加えて、ナチュラリストとしての梨木香歩氏の知が、ロシア語からの通訳結果以前に、あるいはそれを追い越して、森の動植物を（すでに、そしてほとんど）同定してしまっている。その安定感が、混乱をユーモアや茶目っ気に転じる。

鳥たちの「渡りの足跡」をたどる梨木氏の旅は、知床、福島潟、長都沼《おさつ》、千歳川、斜里《しゃり》町、諏訪湖、琵琶湖から、ロシアの沿海州に至る。鳥たちはなぜ長距離にわたる命がけの、途方もない旅に出るのか。その旅はじっさいどのような旅であり、また何に支えられた旅なのか。このような問いとともに、梨木氏はその足跡を追い続ける。そして、カムチャツカ半島のスタリチコフ島で、鳥たちを見ながら、こう呟《つぶ》く——「こんな荒々しくもの寂しく、また潔《いさぎよ》く清々《すがすが》しい、鉛色をした北の海であったのか」と。

それでは、鳥たちの渡りの「案内役」とは何か。梨木氏は衛星追跡の結果をまとめたある書物から手がかりを得る。それは、昼間は太陽、夜間は星座の位置なのだと。ここでは、そのような自然の事実に基づいて展開される、梨木氏の美しい思念のひろがりをそのまま引用しておきたい。

幼いころに星空を見た経験をもたない鳥は、成長してからいくら星空を見せても定位することができない——つまり、自分の内部に、外部の星空と照応し合う星々を持っていない、ということなのだろう（ということは、他の鳥はそれを持っているのだ！）。サケが生まれ故郷の川の水を記憶していて、いつかそこへ帰っていくこととも似ている。

自分を案内するものが、実は自分の内部にあるもの、と考えると、「外界への旅」だとばかり思っていたことが、実は「内界への旅」の、鏡像だったのかもしれない、とも思える。

贅言《ぜいげん》は要すまい。「案内人」は内部にいる。私たちは、「自分の内部に、外部の星空と照応し合う星々」を持っているか。私たちにとって「案内人」とは誰のことか。深い思惟《しい》をうながす認識論にして存在論である。鳥もひとも「渡り」の途上にある。他者とともに、他者の世界へ向かう、その途上に。

（二〇一二年十二月、立教大学大学院教授）

この作品は、二〇一〇年四月新潮社より刊行された。文庫化にあたり、季刊誌「考える人」二〇一一年冬号の「知床半島の上空を、雲はやがて」を収録した。

梨木香歩著

裏庭

児童文学ファンタジー大賞受賞

荒れはてた洋館の、秘密の裏庭で声を聞いた——教えよう、君に。そして少女の孤独な魂は、冒険へと旅立った。自分に出会うために。

梨木香歩著

西の魔女が死んだ

学校に足が向かなくなった少女が、大好きな祖母から受けた魔女の手ほどき。何事も自分で決めるのが、魔女修行の肝心かなめで……。

梨木香歩著

りかさん

持ち主と心を通わすことができる不思議な人形りかさんに導かれて、古い人形たちの遠い記憶に触れた時——。「ミケルの庭」を併録。

梨木香歩著

春になったら苺を摘みに

「理解はできないが受け容れる」——日常を深く生き抜くことを自分に問い続ける著者が、物語の生れる場所で紡ぐ初めてのエッセイ。

梨木香歩著

ぐるりのこと

日常を丁寧に生きて、今いる場所から、一歩一歩確かめながら考えていく。世界《ぐるり》と心通わせて、物語へと向かう強い想いを綴る。

梨木香歩著

沼地のある森を抜けて

紫式部文学賞受賞

はじまりは、「ぬかどこ」だった……。あらゆる命に仕込まれた可能性への夢。人間の生の営みの不可思議。命の繋がりを伝える長編。

渡《わた》りの足《あし》跡《あと》

新潮文庫　な－37－10

平成二十五年　三月　一日　発　行

著　者　梨《なし》木《き》香《か》歩《ほ》

発行者　佐藤隆信

発行所　株式会社　新潮社

郵便番号　一六二―八七一一
東京都新宿区矢来町七一
電話　編集部(〇三)三二六六―五四四〇
　　　読者係(〇三)三二六六―五一一一
http://www.shinchosha.co.jp

価格はカバーに表示してあります。

印刷・大日本印刷株式会社　製本・加藤製本株式会社

ISBN978-4-10-125340-4 C0195